おばさん未満

酒井順子

集英社文庫

おばさん未満　目次

この作品は二〇〇八年九月、集英社より刊行されました。

おばさん未満

はじめに

今思えば、あれは既に老化だったのです。遠い昔、身長がぐんぐん伸びていったのも、ぺったんこだったおっぱいが膨らんだのも、初潮になったのも。その手の変化は「成長」という言葉で言い表されることによって目出度《めでた》いものとされ、時には赤飯など炊かれたかもしれませんが、あれは確かに老化の第一歩だった。

赤ちゃんの世話をすることにしても、「介護」というと言葉が悪いので「子育て」と言っていますが、自分で何かをすることができない生きものに手助けをするという意味では、あれも正真正銘、「介護」です。同じように「成長」と「老化」も、意味するところはあまり変わるものではないのではないかと、私は思うのですが。

周囲が「成長した」とか「大きくなった」とか言いはやすので、私達は自分の老化に気付かず、子供から大人になります。中には、

「十五歳だなんて、もうババアだよ」

と気怠《けだる》く言い放つ女子中学生もいるわけですが、彼女が抱く加齢感というものは、生物としては正しい感覚と言うことができるでしょう。

それどころか、我が国のロリコン市場では、少女の胸が膨らみだすともう萌えない人がいるわけで、十一歳とかでも、

「アタシももう、歳《とし》ね……」

とつぶやく児童すら存在するのです。

とはいえロリコンモデルをした経験がない普通の人が老化に気付くのは、俗に言う「成長」が止まってから。もうこれ以上身長は伸びないというお年頃になると、たとえ体重が増加したとしても、周囲はそれを成長だと言って寿《ことほ》いではくれません。そして私達はそこから、タルミにくすみにシミ、白髪、白目の濁りに法令線《ほうれいせん》……という本物の老化現象の数々に、次第に気付くようになってくるのです。それはまるで、バブル崩壊後の日本経済のように、右肩上がりだったものが、あれよあれよという間に右肩下がりになっていく感じ。

私は今、四十代になったところなのでした。いい感じで弧を描く右肩下がりの線にしっかりとまたがって、だんだんスピードが乗ってくる感触を、味わっている最中です。猛スピードで落ちていくのはとても恐いけれど、しかし恐いからといって途中で

降りることができないのが、老化というジェットコースターであるということを、身をもって実感しています。

しかしジェットコースターにおいて最も恐ろしいのは、実は落ちていく最中ではありません。一番恐いのは、「これから、落ちていくのかもしれない」という予感が膨らんでいく時間なのです。

落ちるためには昇らなくてはならないわけで、ジェットコースターは「とっ、とっ、とっ」という非常にゆっくりしたスピードで、スタート地点から急斜面を上がっていきます。同じくらいゆっくりと恐怖心は満ちてゆき、頂点において一瞬停止したような、不吉なほどに静かな時間がやってくる。すると次の瞬間、ジェットコースターは引力にしたがってゆっくりと先頭車両から斜面を滑り落ちていき、やがて自分の車両も引きずられるように……となるその数秒が、最も恐いのではないでしょうか。

老化においても、同じなのです。成長というものが止まるとやってくる、一瞬の静止時間。老化に対して怯《おび》えながらも「私ったら、けっこうこのままでずっと行けちゃうんじゃないの？」と思ってみるのだけれど、しかし一定の時間が経てば確実に下り坂はやってきて、その時の「もしかして、これから先は下り坂？　私も下るの？　っていうか落ちるの？　マジで？　嘘とか冗談とかドッキリとかじゃなくて？」とアタフタするその瞬間が、ものすごく恐い。

この時の感覚というのは、小さな死、にも近いのだと思います。死に至る時の気持ちというのは経験したことがないのでわかりませんが、しかし死を予感した時に、人間は「もしかして、あと少しで人生終わり？　私は死ぬの？　マジで？　嘘とか冗談とかドッキリとかじゃなくて？」と思うのではないか。生きていれば死がやってくるということがわかっていても、いざ本当にやってくると、「まさか」とじたばたするような気がするのです。

いつか必ず自分も老化するのだと、若者だった自分もわかってはいました。しかし理屈としてはわかっていても、鏡に映る肉体はまだ若いため、どうしてもそのリアリティーを感じることはできない。

だからこそ、本当に老化の兆候が見えた時の恐怖感は、底知れぬものがあるのです。それは小さな、「若さの死」。その兆候は、私達に時間の不可逆性というものを、残酷なまでに教えてくれるのです。

私は、生まれて初めて老化の兆候というものを見た瞬間のことを、ありありと記憶しています。あれは確か、三十二歳の初夏、屋久島に遊びに行った時のことです。晴天の下、何時間も歩いて縄文杉を見に行ったり、森の中で鹿に遇《あ》ったり、清流の水を手ですくって飲んだり、海で遊んだりと、私は休暇をおおいに楽しんでいたのでした。最後に泊まったのは、海辺の素敵な宿。朝食は、外のテラスのような場所で食べます。五月の気持ちの良い日差しに目を細めつつ食事を終えて室内に戻り、ふと鏡を見た、その瞬間。

左の頬に、見慣れぬ褐色の米粒大のものがついているのを、私は発見しました。最初は、何かの汚れがついているのかと思ってごしごしこすってみたのだけれど、とれない。鏡に近寄ってよーく見てみると、それは汚れではなく、どうやら皮膚そのものの色が濃くなっているらしい。

「と、いうことは……？」

と考えた時に私が受けたショックは、まさに青天の霹靂《へきれき》でした。その物体はつまり、シミ以外の何物でもない。それまで肌のトラブル知らずだった私は、

「私にシミができるなんて……っ！」

と、地底に引きずり込まれていくようなショックを受けたのです。

今考えれば、三十女がロクに日焼け対策もせず、紫外線が真夏並みに強い五月に屋久島で外遊びばかりしていれば、そりゃあシミもできようというものでしょう。が、その時の私は、自分の肉体を過信していました。「私に限って、シミなどできるはず

がないわ。だってあれは、どこかの不運な人の顔にできてしまうものでしょう？」と、信じ込んでいた。そんな私の頰に突如シミが出てきたのですから、ショックの程はおわかりいただけるものかと思います。

その時の恐怖というものは、確かに死に通じていました。自らの肉体に初めてあらわれた、シミという小さなほころび。その小さな褐色点を見つめていると、「このシミがどんどん大きく濃くなって、それだけでなくシワもできて白髪もはえて、関節が痛くなって目が落ち窪んで背が曲がって……」と、自らが辿《たど》るであろう道が、一気に早回しで見えたような気がした。そして、最終的にその先にあるものは紛れもない死なのだと、屋久島の眩《まぶ》しい光の中で、私ははっきり理解したのです。

「老化」という言葉とセットになっているのは、常に「恐怖」という感情です。私達が立ち向かわなくてはならないのは、「老化の悲しみ」でも「老化への怒り」でもなく、「老化の恐怖」でしかありません。

なぜ老化は恐いのかというと、モテなくなってしまうからでもなければ、写真写りが悪くなってしまうからでもないのです。シミやシワの一つ一つが、「あなたはいずれ、死ぬのです」と囁《ささや》きかけてくるからこそ恐いのであって、三十代であろうと八十代であろうとシミに怯える気持ちが変わるものではないのは、そのせいでしょう。

今は、老いてはならない時代です。どんな年齢であっても、若く美しい外見を保つ努力をしない人は、怠け者扱いをされてしまう。それは外見だけの問題ではなく、「心はいつも青春」みたいな感覚を持っていない人も、人生の落伍者《らくごしゃ》と見なされてしまう。

心身ともに、一生若々しくある。これは一瞬、とても素晴らしいことのように思えますが、果たしてそうなのでしょうか。それは、死というものから一生目を背け続けることであり、引退が許されないということでもあり、また「この世で最も素晴らしい価値は、若さである」ということを信じ続けなくてはならないということでもあるのです。

老化盛りのお年頃である私としては、これから先、八十歳まで生きるとしても、あと四十年も引退が許されないということに、心底うんざりするのでした。しかし、「うんざりするのであれば、足抜けしたって一向に構わないのよ?」と言われても、それも恐くてできないのです。もう私は、日焼け止めも日傘もビタミンCも、手放すことはできません。「うんざりする」と口では言いながら、私は必死に老化に抗《あらが》おうとしているのであり、老けて見られればひどく落ち込み、若く見られれば、

「そんなことありませんよぅ」

などと言いながらも、嬉しくてひくつく頬を抑えることができないのですから。

日本では古来、「相応」ということに、重きが置かれていたように思います。立場や年齢、そして身分制の時代であれば身分に応じた態度をとることが、すなわち美しいということであった。

しかし今、その感覚は崩れています。三十代が十代のような行動をとったり、四十代が二十代のような服装をしたりという無謀な試みが、称賛されたりするのです。

そして私の心は、「相応でありたい」という日本人としての伝統的感覚と、「若くありたい」という今の日本人としての感覚の間で、股割《またさ》き状態になっているのでした。股がチリチリと痛む中で、果たして私は谷底に落ちることなく、一生を終えることができるのか。……と不安に思いつつも、老化への旅は、まだまだ始まったばかりです。

痛い

昔はなかったけれど今はとてもメジャーになっている言葉が、色々とあるものです。私は大変古いワープロを使用しているのですが、今はメジャーな言葉でも、このワープロ様がうまく変換できないと、「あ、これって新しい言葉だったのね」ということが、理解できるのでした。

たとえば、「少子化」。「しょうし」と入れると、私のワープロ様は「笑止」とか「焼死」などと変換し、決して「少子」にはたどりつきません。このワープロ様が世に出た頃は、まだ少子化は、今ほど深刻に議論されていなかったということなのでしょう。

昔からある言葉ではあるけれど、意味が違ってくる、というものもあります。「昔はこんな使い方、しなかったけどなぁ」という言葉が、たとえば「痛い」というもの。

十年ほど前であれば、「痛い」とは、肉体的な苦を表現する言葉だったはずです。「胸が痛い」と言う場合には精神的な苦しみをも指し示しましたが、いずれにせよ誰かが「痛い」と言ったならば、その人自身の肉体もしくは精神がつらい、ということを意味していました。

ところが昨今、「痛い」は、

「あの人、痛いよね」

と、他人の状態を指し示す形容詞として使用されるようになってきたのです。それはもちろん、「あの人は、肉体的もしくは精神的に苦痛を感じていますよね」という意味ではなく、「何だかあの人、無理をしてますよね。でもって、他人はその無理に気付いてるけど本人はバレてないと思ってます」という意味。

「痛い」という言葉が使われがちなのは、「歳のとり方に失敗している人」に対して、です。自分の実年齢にそぐわない格好をしている人、とか。実年齢よりも若い言葉遣いをしたり、若者が好むような場所に出入りしている人、とか。その「相応でない感じ」こそが、痛さというもの。

相応ではないと言っても、本当は若いのに、大人っぽい格好をしたり年寄臭い言動をしている人（そんな人は今時あんまりいませんが）は、「痛い」とは言われません。「痛い」のは、その逆パターンだけ。

ここ何年かで、「痛い」という言葉の意味がこのように変わってきたのは、なぜなのか。と考えてみますと、日本という国全体を覆う、「女は若くてナンボ」、そして「女はいつまでも若くいなくてはならない」というプレッシャーが、特にここ最近どんどん強くなってきたという背景があろうかと思われます。

昔から日本は、幼形愛好の気が強い国ではありました。女性に関して言うならば、成熟よりも未成熟、美しさよりも可愛らしさ、自分の意見をしっかり持つ性質よりも、おとなしくてなびきやすい性質……という存在が、好まれてきたのです。

つまりナイーブな日本男児の敵にならない女性が、我が国においては好まれてきたわけですが、我々がそんな日本男児のために一生懸命に努力してきたというのに、それでも「生身の女は恐い」ということで、アニメ美少女の方に行ってしまう男性が増えているとのこと。まったく、努力のしがいがあったものではありません。

しかし、日本の女性が若さを保つことに血道をあげるのは、男性に好かれたいという理由からだけではないような気もするのです。私達は何に関しても、いったんコレと思ったことには血道をあげやすい、つまりはおたく化しやすい国民性を持っています。韓流スターであれハンカチ王子であれ、何かに夢中になったら最後、「なぜ」夢中になったかは途中からどうでもよくなり、夢中になるという行為自体に夢中になりがち。

そんな日本人にとって「不老」というテーマは、実に夢中になり甲斐のあるものでした。元々が真面目で勉強好き、かつ器用な日本人女性達は、メイクをするにしても、ミリ単位、否、ミクロン単位の調整に気を遣う。アイラインの太さ、睫毛《まつげ》の角度のほんの少しの違い、ファンデーションをいかに薄く均一に塗り込めるかといったことに一喜一憂するという美容おたくの女性を、不老ブームは大量に生み出しました。

しかしそれは、彼女達にとって苦役ではなく、楽しい行為なのです。不老へのチャレンジは決して終わることがないわけで、長寿の国に生きる日本女性達は、死ぬまでに延々と続く長ーいヒマを潰《つぶ》すためにはうってつけの趣味をみつけたと言ってもいいでしょう。

世代の問題も、あろうかと思われます。

「あの人、痛いよね」

という言われ方が目立つようになったのは、大学時代に「JJ」に載ったり読んだりした、つまり八〇年代の女子大生ブームに乗った世代が、三十〜四十代になってから。つまり、若さというものに商品価値が存在することに気付いた世代が若くなってから、なのです。

若さを売ることによって、金銭や快楽や注目を得ることができた彼女達は、当然ながらいつまでも若さを手放そうとはしません。いい加減髪にツヤがなくなっているのに、いつまでもロングの巻き髪を続けたり。美脚というアイデンティティーをどうしても手放すことができず、ミニスカートが全く流行っていないのに、膝上丈《ひざうえたけ》のスカートをはき続けたり。「JJ」時代はイケていたとされていたポイントを固持し続けていることが既に時流とずれている、ということに対する自覚がないことが、「痛い」と表現されるのです。

時代が止まっているのも「痛い」わけですが、若さに対する媚《こ》びが強いのもまた、「痛い」ものです。つまり、ボディコンを着てバブル世代向けの復活系ディスコに通いつめるのも「痛い」が、ローライズのパンツから下着のパンツをのぞかせつつ、若者系のクラブに通いつめるのもまた「痛い」。

「JJ」OG達は「VERY」や「STORY」を読むようになったわけですが、これらの雑誌では、しかし若さへの媚びを「痛い」とは表現しません。むしろ積極的に若い行動をとりましょうと、半ばヤケクソ気味にあおっているきらいがある。しかしまぁ、時代が止まっている痛さよりも、若さに媚びる痛さの方がまだ、未来に向かっている分、見ている側としてはラクなのかもしれませんが。

「痛い」という言葉の意味は、「痛々しい」という意味と、似ています。

と言う場合は、「あの人」が本当に苦痛を感じているかはどうでもよく、いかにも苦痛を感じていそうな人を見ている自分の方が苦痛だ、という感じ。冬なのに薄着をしている人のことを「寒々しい」と言うのは、あんな薄着をして風邪でもひくのではないかしら、と心配して言うのではなく、「見ている方が寒くなってくる」という意味を持っているように。

同じように、若作りをして「痛い」と言われている本人は、いくら他人から「痛い」と陰で言われたとて、痛くもかゆくもないのです。負担を感じるのはむしろ見ている側の方。若作りしている本人としては、「いくつになっても変わらない私！」とか、「今の時代を敏感にキャッチしてる私ってイケてる！」くらいのことは思っているのであって、その気付いてない感じにまた、見ている側はイライラする、と。

そう考えてみると、「痛い」と言う側よりも言われる側になった方が、もしかしたら幸福なのかもしれないのです。痛さをばらまいている側が痛さを全く感じないのであれば、ばらまかれる側としては痛み損。せいぜい、

「あの人、痛いよねー」

「痛い痛い！」

「あの人、痛々しい」

と、ウサを晴らすくらいしかできません。

それでも私達は、「痛い」人にはくれぐれもならないようにしよう、と努力をするのでした。一方で若さを保とうとしつつ、もう一方で痛くはならないようにするというのは、非常に難しいことです。痛いと言われる本人は別に痛くないのだからいいじゃないか、とも思うのですが、しかし痛いと言われる人からは、何か非常に不吉な感じが、漂ってくるのです。

その不吉さとは、男の人が夜な夜な通う女の家をこっそり覗《のぞ》いてみたら実は相手は骸骨《がいこつ》でした、みたいな怪談話の不吉さと同じ。その女骸骨は、自分が死んでいるということに気付かずに男性を誘惑しているわけですが、私達が陥りがちな痛さを突き詰めると、そこまで行ってしまうのではないかという気がするのです。「この人、骸骨になっても巻き髪して、ミニスカートをはいてそう」と。

顔からダラダラ血を流しながらも全く気付かずに笑いながら近付いてくる人がいたらとっても恐いように、「本当は痛みを感じているはずの人が気付いていない」という状態は、人に恐怖心を抱かせます。つまり、「痛い」という状態の根源は、「気付かない」ということにあるのではないでしょうか。

ですから自覚的な若作りであれば、それは「痛い」ということにはならないのです。

信念を持ちながらエイティーズファッションを貫くというのであれば、それはむしろ格好よくすらある。また往年の大屋政子《おおやまさこ》さんのように（「痛い」と言われかねないお年頃の皆さんであれば、大屋政子くらい知ってますよね？）、年齢相応ではないのは百も承知だが、好きだからミニスカートをはいて厚化粧をするというのであれば、「痛い」などといったひ弱な形容詞のレベルは超越し、それは一個の作品となる。作品となった人には、もう誰も文句はつけられないのです。

とはいえ普通の人は、作品となって生き続けるような勇気は、持っていないでしょう。私達はどうしたって、「痛い」とは言われないギリギリのラインまで若く見える努力をするという、非常に危ういバランスの上で、生きていかなくてはならないのです。

私達はよく、

「私の格好が痛かったら痛いって、絶対に言ってよね」

と友達に頼むものですが、いくら仲の良い友達でも、

「その格好、痛いんですけど」

とはなかなか言えないもの。せいぜい自覚力を磨《みが》くくらいしか、他人に不吉さを感じさせないようにする術《すべ》は、なさそうです。

髪

「白髪混じりの三つ編みにだけは、したくない」

これは、とある女友達がつぶやいた言葉です。彼女はアート系の仕事につく、センスの良い人。

「いやぁ、この世界にいると、センスの良いおばさんってたくさんいるわけだけれど、その中でも『ku:nel《クウネル》』系っていうか、ナチュラル志向のおばさん達って、歳をとってもずっとお下げの三つ編みだったりするわけね。で、ナチュラル志向だから当然、白髪も染めてないんだけど、染めてない長い髪を三つ編みにしているのって、何かとても、見ていてつらい……。いや、悪いってわけではないのよもちろん。だけど、『ああはなるまい』って思うのよ」

と、言います。

確かに、と私も思うのでした。ネイティブアメリカンのおじいさんが白髪混じりの三つ編みにしているのと、日本のナチュラル志向おばさんが白髪混じりの三つ編みにしているのとでは、醸し出すものが違ってきます。

日本における三つ編みは、少女性を象徴するヘアスタイル、ということになっています。「歳をとっても、内面には純真さや無垢《むく》さを保ち続けている私」というものをアピールしたいという気持ちが、そこにはある。

しかし、ある程度年配の女性が「少女のままの私」をアピールするのは、おじさんが「少年のままのオレ」をアピールするのよりも、ずっと危険なプレイ。世間は、少年のフリをするおじさんに対するほど、少女のフリをするおばさんには寛容ではありません。

だからこそ年配女性の三つ編みは、何か落ち着かない感じを周囲に与えるわけですが、しかし三つ編み女性の側ではそのことには気付かないのです。

大人の三つ編みと似たような空気を醸し出す髪型として、大人のオカッパ、言い換えるのであればボブ、というものもあります。

オカッパも、カタカナ系の仕事をバリバリこなしてきた女性に多く見られる髪型です。男だったらマオカラーのシャツを着ていそうなタイプの女性が、オカッパにしがちと言えましょうか。定規を当てたかのように、目の上でパッツリと切られた前髪は微動だにせず、「もしかしてこの前髪の奥には、もう一つ目があったり口があったりするのでは……？」と思わせる。

オカッパという髪型もまた、少女性を象徴するものです。しかしそれだけではなく、今の五十代以上のオカッパは、

「私、三十年ほどパリに住んでおりました」

といった「欧米に出ていった日本女性が、白人ウケが良かったがゆえにオカッパを持続」という、その国際性を象徴する髪型である場合もある。また、その前髪の一直線ぶりは、まだまだ女性の社会進出が進んでいない時代に頑張って働いてきた女性の強い意志をも象徴していましょう。

オカッパというのは、前髪もサイドもバックも、少し伸びてしまうとザンバラな印象になってしまう髪型です。ですから常に美しいオカッパをキープするということは、髪という「自然」を支配し、管理するということでもあったのです。

それから時代は変わり、働く女性達はオカッパほど力強いヘアスタイルにしなくとも、肩の力を抜いて働き続けていくことができるようになりました。世の中はナチュラルブームが長く続いており、ヘアスタイルにしてもメイクにしても、「やってます」的なパワーが感じられるものよりも、たとえどれほど力を入れていたとしても「力、

抜いてます」という空気が伝わった方が、格好良くなってきたのです。

しかしそうなってきた時、「女は歳をとってきてから、どんな髪型にすればいいのだ？」という悩みは、強まりました。白髪混じりの三つ編みも、オカッパも、今時の中年にはもう取り入れられないスタイル。かといって、二〇〇五年の選挙の時に刺客候補として話題になった片山さつきさんのように、若い頃のままのヘアスタイルを続けてしまうと、

「自分が一番良かった時代のままで感覚が止まっている人」

などと言われてしまう。

一昔前のおばさんであれば、おばさんになったならば、髪を短く切って「おばさんパーマ」というものをあてれば、それで事は済んだのでした。昔のドラマでは、頭に太めのカーラーを巻いて寝る人＝おばさん、でした。おばさんになったら、誰もが似たりよったりの髪型をしていたのです。

ところが今、おばさんになろうとしている私達世代で、「パーマ、あててます」というのがすぐにわかるようなヘアスタイルをしている人は、いません。近年、飛躍的に発達したカット技術とパーマ技術、そしてヘアカラー技術を駆使して、とても手はかかっているけれど決して人工的には見えないヘアスタイルを、中年になってもキー

プできるようになったのです。

が、だからこそ私達の悩みは深いのでした。四十代でも、頑張れば二十代と同じ髪型、たとえばエアリーなゆる巻き髪をキープすることはできる。しかしその髪型と顔が、釣り合わなくなってくるという事態が発生しているのです。

たとえば電車の座席で、下を向いて携帯をいじっている女性がいたとします。髪型と服装の雰囲気から察するに二十代くらいかな、と思っていたのに、その人が顔を上げたら顔だけが四十代でビックリ、という経験を、皆さんお持ちのことでしょう。

「顔さえ見なけりゃ二十代」という存在感は、今や簡単に醸し出すことができるようになったわけですが、しかしその顔と髪型とのギャップというのは、実にすさまじい。

また、私の知り合いにエレガントな巻き髪をしている四十代女性がいるのですが、彼女はとてもスレンダーであるため、髪にツヤはあるものの、顔のシワがかなり深刻。シワシワの小顔に豊かな巻き髪という組み合わせは、どこかの部族がかつて作っていたという、干し首のようなのです。

かくして私達は、様々な「こうはなりたくない」という事例を列挙しつつ、同世代の友人同士、

「これから、私達は髪型をいかにしていくべきか?」

という問題について、話し合うのでした。

「ロングヘアって、女としての現役でありたい、みたいな気分が見えかくれして、けっこうつらくない？」

「わかる、現役願望が見え見えで生臭い」

「結んでおけばいいかもしれないけど、でも歳をとって結んだりアップにしたりすると、ちょっとほつれているだけで異様に生活感が漂うのよねー」

「そうそう、若い頃はほつれ毛も可愛かったり色っぽかったりしただろうに」

と、ロングヘアはまず無理、という結論に。

「セミロングが妥当なのかしらねぇ」

「でもセミロングって、髪型の流行りすたりを常にキャッチアップしておかないと、途端にモッサリして見えるでしょう。ものすごく手間がかかると思うのよ！」

「流行りのヘアスタイルなのに、よく見ると頭頂部の髪が痩《や》せーて薄ーくなってるのっていうのもつらい！」

「昨今の男性は、髪が薄くなったら坊主にするという手があるけど、私達には無理だものねぇ」

と、セミロングも相当にマメな性格でないと無理。

「となると、ショート？」

「私はチコさん（念のため注・モデルの黒田知永子《ちえこ》さんのことです）みたいなショートにするつもりで髪を切ったら、コケシのようになってしまった！」

「お洒落《しゃれ》なショートヘアって、すごく顔立ちと髪質を選ぶのよね」

「ショート向きの顔と髪じゃない人が切ると、一気に老けてしまう！」

「今の時点でショートにするって、ほとんど現世からの引退を意味する剃髪《ていはつ》ということになるわねぇ」

「まだそこまでの勇気は無いし……」

となって、ショートもまた難しい。ということで結局は、

「一体、どんな髪型にすればいいというのだ！」

というところから、話は全く進まないのです。

私自身は、二十代からこのかた、ロングにしている時期が長かったのです。それというのも私は天然クルクルパーマであり、伸ばして結んでいるのが最もラクだから。三十代の前半で、少し短くしたこともあったのですが、後半にきてハタと思いました。「もしかして、今もう一回ロングをやっておかないと、これから一生ロングにはできないのかも」と。

かくして三十代後半、「人生最後のロングヘア」と銘打って髪を伸ばしてみた私。旅先においては、ツインテールも盛んにやっていました（鉄道に乗る時、座席にもたれるのに後頭部がラクなので）。

間もなく四十歳という時に、「やはり常識的に考えて、四十女のツインテールというのは、もう許されないのではないか。ツインテールの分け目から白髪が一本とかいうのは、他人様《ひとさま》にとって決して嬉しくない光景であろう」と、自戒した私。そして四十歳になったその日から、泣く泣くツインテール断ちをしたものです（三十九歳までやっていたというだけでじゅうぶんな暴挙でしたね、はい。そのうえ私、メガネっこだし）。

しかし私はまだ、ロングヘアのままなのでした。常に結んではいるものの、四十代らしく断髪するには至っていない。

してみると、白髪混じりの三つ編みとか、オカッパといった髪型をずっと続けている先輩女性達の気持ちも、少しわかるような気もするのです。若い頃であれば、様々な髪型にトライするのが楽しかったし、無謀な挑戦もしたものです。しかしある程度の年齢になってくると、一度馴染《なじ》んだ髪型を変えるのは、恐いし面倒。「できればこのまま、先のことは考えずにこの髪型をキープし続けたい」という気持ちに、なってしまうもの。

私が中年としての自覚を深め、断髪に至るのは、いったいいつになるのでしょう。短い髪になった私の目には、断髪式を終えた力士のように、うっすらと涙が浮かんでいるような気がしてなりません。

声

最近、母親の声が、祖母の声に似てきました。母親から、

「もしもしぃ」

と電話がかかってくると、祖母からかかってきたのではないかと思えるほど。

母親にそのことを伝えると、

「えーっ、嫌だぁ」

と言うのでした。自分の声はまだ若々しいと信じたいのだとは思いますが、私としては「声って、老化するのだなぁ」ということが、よくわかるのです。

そういえば私の声は、昔から、

「お母さまの声にそっくりねぇ」

と言われていたのでした。ということは私もいつか祖母のような声になるわけで、遺伝の力というものに思いを馳《は》せざるをえません。きっと祖母の母とかその母も、同

じような声で話していたのではないでしょうか。

老化は、目で見ることができる部分においてのみ表れるものではありません。耳で聞く声も、確実に老化をしていくのです。耳から入る声質という情報によっても、私達は「あ、この人老けたわね」と、判断する。

声の老化について私がいつも考えさせられるのは、ユーミンの歌を聴く時です。ユーミンといえば、何歳になってもお洒落で、スタイルも衰えないという、格好いい大人の女性の代表格。今はもう五十代であるというのが信じられないのと同時に、その年代ならではの大人の風格も漂わせています。

私は、中学生の頃から、ユーミンの曲を愛聴してきました。社会人になると、何となく新しいアルバムを聴かないようになってきたのですが、古いアルバムを聴くたびに「やっぱりユーミンは天才だなぁ！」などと、思っていた。

ユーミンは今も活躍しています。が、最近出した歌を聴くと、私は「あれ？」と思うのです。荒井由実時代のユーミンの、たとえば「卒業写真」とか「ルージュの伝言」の、あの柔らかな布のような繊細な歌声とは違う、何か金属の芯《しん》が入ったような声になっているから。

それはつまり、長年歌手活動をしてきたが故に、声帯が老化してきたということなのでしょう。長年歌い続けても、声があまり変わらない人もいて、山下達郎や桑田佳祐などは、声の印象は昔と同じ。松田聖子にしても、そうでしょう。ユーミンの場合は、外見の老化速度は遅いけれど声の老化は速く進むタイプだった、ということなのでしょうか。

自分の周囲でも、声の老化問題に気付くことが、しばしばあるのです。女同士で話していると、明らかに皆、昔よりも話し声が大きくなってきている。

そこには、色々な理由があるのだと思います。まず、歌手のように歌は歌わなくとも、普通に暮らしているだけで、私達は日々、声帯を酷使しています。毎日子供や部下を叱りつけたりしていれば、その昔は軽やかな声を誇っていたとしても、次第に声帯がビラビラになってもこようというもの。

私もある時、久しぶりに女友達に会ったら、彼女の声が綾戸智恵《あやどちえ》風になっていて、驚いたことがあったのでした。昔は透明感のあるソプラノだったので、

「どうしたの？　風邪ひいてるの？」

と一瞬言い掛けたのですが、どうやら風邪はひいていない様子。

彼女の声帯は、おそらくは長年の飲酒と喫煙によって、酒焼け状態になったのだと思われます。バリキャリ（バリバリのキャリアウーマンの意、です）の彼女は、ちゃ

んとお洒落な格好もしているし細身のスタイルも維持しているのだけれど、タバコを片手に、

「あ〜ら失礼しちゃうわねぇ」

などとちょっとドスのきいた声で言うのを聞いていると、声だけが場末のスナックのママ風なのです。

加齢とともに声帯のビラビラ化が進むのと同時に、耳の機能が低下するといった事情も、あるのでしょう。もちろん、お年寄のように耳が遠くなるとまではいかないけれど、ごくわずかであっても昔より聞こえ方が悪くなることによって、自分の声も大きくなってくる、というケースもあるのではないかと思われます。

さらに言えば、加齢による大声化の背景には、声帯や聴覚といったフィジカルな条件だけでなく、「自分を客観視できなくなる」という事情も、関わってくるのではないでしょうか。女が三人寄れば姦《かしま》しい、と言いますが、その姦しさは、中年期になるとぐーんと増してくるもの。

この時期は、「周囲から自分はどのように見られているのか」ということを意識する能力が、減少します。「ここで自分が大声で話したら、周囲にどのような聞こえ方をするか」ということにも、気付きにくくなってきている。大きな声を出していても

「自分は大声を出しているのだ」ということを意識していないので、余計に声が大きくなったような印象を与えるのです。

ですから私は最近、女だけの集まりというのが、とても恐いのでした。女同士でも、まだサシで会うのであれば安心していられるのですが、三人以上集まってしまうと、本当に姦しい。五人、六人ともなると、あまりの大声の応酬っぷりに、「このグループの一員だとは思われたくない」と、思うのです。

中年初期の女同士が団体でいると、語られる話題はどうしても、赤裸々なものになってきます。

「もうぜーんぜん、夫とセックスなんてしてないわよぅ」

と言う主婦がいるかと思えば、

「関ジャニ∞《エイト》って、カワイイのよねーっ」

と、アイドルへの深情けっぷりを発揮する人もいる。

「私が任されてるプロジェクトって全社的なものだからさぁ」

とキャリア自慢を始める人もいれば、

「この前、どう見ても二十代っていう男の子からナンパされちゃったのよ」

と、モテ自慢をする人も。

既婚、未婚、働いているか否かと、立場がそれぞれ異なっていると、主張したい意見もそれぞれに違ってきます。大人数の中で自分のアピールをするには、どうしても大きな声を出さざるを得なくなってくるのであって、大きな声でそれぞれがそれぞれの言いたいことだけ言う、という状況に。

ですから女同士何人かで集まるということになったら、よほど慎重に会場を選ばなくてはなりません。二十代の頃は、女同士で集まるのに洒落たイタリアンレストランなどを設定したものです。しかし、昔とった杵柄《きねづか》を思い出してその手のイタリアンに、初期中年女が四人も五人も集まっておしゃべりをするのは、周囲のお客さんにとってはいい迷惑。

まだランチタイムであれば、同類のお客さんがたくさんいるので許されるのです。が、「今夜が勝負」みたいなカップルがいるようなディナータイムにおいて、

「もうぜーんぜん、夫とセックスなんてしてないわよぅ」

とか、

「関ジャニ∞って、カワイイのよねーっ」

と、スナックのママみたいな声を腹から出して話すようなグループが近くにいたら、デートに臨む若者の意気は一気に消沈してしまうのではないか。

さらに言うならば、中年女の団体というのは、店自体を格好悪く見せてしまう客なのです。客層によって店の雰囲気はおおいに変わってくるものですが、中年女数人ともなると、

「保護者会の帰りですか」

という感じに。さらに言えば、この年頃の女性というのは、一人一人を見るとそれぞれ頑張っていて、「そんなに歳でもない……のかな?」と他人に思わせることもあるのですが、束になってみると、個々が持っているそれぞれの老け具合が一体化してしまう。結果、明らかに「中年です」という雰囲気が濃厚に醸し出されるのであって、店側にとっても、あまり有り難い客ではないように思われます。

ですから女同士大勢で集う時は、中華料理屋さんとか焼き鳥屋さんとか、店そのものが騒がしいところを選ぶと、良いのではないでしょうか。どうしても洒落たイタリアンに行きたいのであれば、個室を選ぶべきでしょう。どれほど大きな声でセックスレスやジャニーズの話をしたとしても、個室であれば大丈夫。

かく言う私は、自分の声はあまり大きくないと信じているのでした。元々、自分が言うことに全く自信が無いため、話し方はボソボソした小声だし、

「……とか思ってみたりなんかして……」

などと、どんどん語尾が曖昧《あいまい》になっていくタイプ。大声で話すことができる人のことは、「自分が話すことが他人に聞こえても平気でいられるとは、すごいなぁ！」と、尊敬していたのです。

その小声を利用して、私はいつも、思ったことをすぐにボソボソと口にしていました。たとえば電車の中などで、

「あそこに座ってる人ってさぁ、左とん平に似てるよね」

などと言ってはニヤニヤしていたわけです。

ところが最近、

「あそこにいる人ってさぁ、沢田亜矢子の元夫に似てるよね」

などと「本人には聞こえていない」と信じて同行者に言うと、

「しーっ、声が大きい！　聞こえるってば！」

と、注意されることがあるのでした。自分では「今までの経験からいって、絶対に聞こえていない」との確信のもと、今まで通りの声を出しているつもりなのに、これいかに。

やはり私の声も、年齢とともに次第に大きくなってきた、ということなのでしょう。ということは私の声も、確実に祖母の声に近付いてきたということ。

声の大きな人と食事などしていると、何を話しているのかが周囲に丸聞こえなのが恥ずかしくて、「お願いだから声を小さくしてぇ～」という念を送ることが多い私。これからは、そのような念を送られないよう、自らが発するデシベル具合に、細心の注意を払いたいものだと思います。

腹

皆さんご承知かどうかわかりませんが、最近さる業界においては、熟女ブームということが言われているのだそうです。その手の業界では、三十代くらいから熟女と言われるようになり、上は六十代とか七十代の熟女が、身体を資本として様々な活躍をしている。いや、この高齢化の時代、私が知らないだけで、八十代とか九十代の熟女モデル達が活躍する場も、あるのかもしれません。

熟女ブームは、ロリコンブームと通底しているのだと私は思います。自分では何もせず、経験豊富な熟女にリードしてもらいたいというのが、熟女好きな男性達の心理かと思われますが、つまりそれは「自分で責任をとりたくない」という心理でもある。幼形愛好の方々も、文句を言わず何をやっても受け入れてくれそうだからこそ幼《おさ》な児《ご》を愛《め》でるのであって、「相手から面倒臭いことを言われたくない」という気持ちは、ロリコンも熟女好きも同じなのです。

とはいえ、熟女好きな人が増えるということは、我々にとってはそう悪い話ではありますまい。女性の平均寿命が九十歳近くになっている今、幼形愛好ばかりが盛んになっては、私達も身の置き所が無い。熟女が持つ知性だの経験だのが愛されているわけではなく、単にお母さんのような献身的包容力だけが求められているとしても、全員がロリコンに走られるよりはマシ、というものでしょう。

熟女もののグラビア雑誌などを初めて見る方は、まずはその大胆さに、度胆を抜かれることと思います。大人の女性というと、落ち着いていて世事に長《た》けていて軽はずみなことをしない、というイメージを私はずっと持っていましたが、その手の雑誌に載っている熟女達は皆、これでもかというほどに軽はずみなポーズをとっている。首から上はごく普通の落ち着いた中高年の女性であっても、首から下でやっていることは二十代のAV女優と変わらないのです。

「婦人公論」などを読んでいれば、いくつになろうと人間は生々しいものだということがわかるし、事実自分も四十を過ぎても生々しくはあるのですが、実際にその手の写真を見せられると、あまりのリアリティーにクラッときます。分別盛りの年齢の女性達が、あられもない姿、あられもない表情を恥ずかし気もなく披露している様子に、「これでいいのか、日本」という気持ちにも、なってこようというもの。

しかし気を取り直してさらに眺めてみると、それは色々な意味で勉強になる本でもあるのでした。「女は灰になるまでなんとやら」と言いますが、中高年女性達があんな姿やこんな姿をカメラにさらしているのかと思うと、「人間なんて、いくつになってもしょせんはこんなもの」という、一種の諦念《ていねん》を抱くようになってくるのです。

またそれは、年齢を重ねた女性の肉体は客観的にどう映るのかということを、シビアに教えてくれる教科書でもあるのでした。なにせ熟女モデル達は裸で、非日常的なポーズや表情を見せている。「この歳でこういうことをすると、こう見えるんだ……」ということを、私達は知ることができるのです。

顔の表情は、それでもまだ想像の範囲内なのです。快楽の表情を浮かべることによって、眉間《みけん》のシワはどれほど深くなり、顔と首の間の薄い皮膚と肉は、どれほど波打ち、折り畳まれるか。若い頃は愛らしいと思ってしていたことも、年齢を重ねると自殺行為になるということが、改めて理解できて、自らをも律する気分になってきます。まさに、「顔は人生の歴史を物語る部位であることよ」と、思わせるのでした。

しかし熟女達の人生を、顔と同等もしくはそれ以上に雄弁に物語る部位は他にもあって、それはたとえば「腹」。

熟女モデル達はしばしば、全裸なのだけれど脱ぎかけのシュミーズだけを腹の部分にたぐませている、という状態でいることがあります。若いモデルの場合は、全裸に靴下だけとか、下着をあえてずらすだけという状態にすることによって、エロティシズムの増幅効果がもたらされるわけですが、しかし熟女モデルの場合は「その方がエロいから」という理由でシュミーズをたぐませているのではおそらく、ない。

ではなぜ熟女の腹にシュミーズかというと、「隠すため」なのです。熟女の腹には、たっぷりとした脂肪、妊娠線、手術痕といった人生の軌跡が残されています。それらのものを読者の視線から隠すために、シュミーズをそこにたぐませているものと思われる。

脂肪や手術痕といったものをさらけ出しているモデルさんもいるのですが、それは「その手のものにこそグッとくる」という、真の熟女好きの人に対するサービスでしょう。シュミーズで隠す熟女は、その辺にまだ恥じらいを持っている、ということなのかもしれません。

熟女の腹には、人それぞれの表情があります。脂肪によって腹に横ジワが入っているのみならず、横ジワ上部の肉がたっぷりと垂れてきている、とか。他の部位はそう太ってはいないのに腹にだけは脂肪がついていて、四つんばいになると妙な具合に垂れ下がる、とか。腹の脂肪にキャピトンができていてまだら模様になっている、とか。

そこに手術痕や妊娠線、はたまた脱衣する前にはいていたのであろうパンティーストッキングの縫い目のライン（歳をとるとなかなか消えない）が加われば、まるで古代の地層のように複雑な模様となってきます。

脂肪がついていなければ美しい腹なのかといえば、それも違うのです。ガリガリ熟女の腹には、渇水期の水田のように、細かいちりめんジワが無数に寄っている。屈曲姿勢をとれば、星の数ほどの横ジワが。その様子は哀しいほどに貧乏臭く、たっぷりと脂肪がついた腹の方が、むしろ縁起が良い感じがするのです。

普段は日光に当たることもないので、お腹の肌は身体中で一番きれいなのだ、という話を若い頃は聞いていました。が、長年にわたって、様々な重力と摩擦、膨張と収縮を受けとめてきた腹は、洗いざらした布のようにクタクタになってきています。汚れもあれば、ほつれもある。「腹を割る」とか「腹を見せる」といった言葉がありますが、歳をとればとるほど、腹は弱点化していくのです。

女性の腹は、昔と今とではずいぶん意味合いの違う部位となっています。腹は昔、大切にしまっておくべきものでしたが、今時の若い娘さん達は、腹を他人に見せることに躊躇《ちゅうちょ》しません。たまにワンピース水着が少しブームになったりしても、水着の基本はビキニ。ローライズのパンツにピタT、みたいなブームも長く続いたので、普段の生活においても、腹がチラ見えすることに抵抗はない模様です。

私が思うに、腹はその昔、一種の恥部だったのです。たとえば私の青春時代は、細身のジーンズやスパッツ（現在で言うところのレギンス）をはいたら、腹部および臀《でん》部《ぶ》が隠れるくらいの、ちょっと長めの丈のトップスを着たものでした。セーターやトレーナーを腰に巻くことによって、たっぷりした下っ腹を隠すという手法も、一般的でした。胸の谷間くらいは他人様に見せられても、腹部は同衾《どうきん》できる相手くらいにしか、見せられなかったはずです。

腹部は、ローライズのブームによって、新たに開発された恥部といえましょう。胸や尻、脚といったポイントはもう、嫌というほどアピールされてきて、新鮮味が失われてきた。新たなアピールポイントが求められていた時に、腹という伏兵が登場。若者達は、ローライズのパンツに丈の短いトップス、それもバストとウェストの差を強調するぴたぴたサイズ、を着用することによって、腹をチラ見せするという行為の新鮮さを、知ったのです。

腹見せ世代ではない上に、若い時も肉体的な諸事情（＝くびれに不自由している）からビキニが極端に似合わなかった私は、若者達の腹見せにドギマギしてしまいます。腹見せ堂々、という時代になってからは、女子アスリート達も腹を見せながら競技を

しているのであり、そんな姿を見ると、

「そんな格好で運動していたら、雷様におへソを取られますよ！」

と、小姑《こじゅうと》気分で注意したくなる。

たとえばゴルフの宮里藍《みやざとあい》ちゃんは、スイングする度に、短いポロシャツの裾《すそ》から、ヘソと腹を見せています。女子マラソンランナー達も、セパレートのユニフォームで、引き締まった腹を見せている。

ヘソにピアスをしているような女の子が腹を見せているのならともかく、宮里藍ちゃんも女子マラソンランナー達も、その真面目そうでストイックなキャラクターと、ヘソ出しという行為のイメージが合致せず、少し哀れな気もする私。これも時代の趨《すう》勢《せい》ということなのでしょうが、身体のラインを際立たせないゆったりシルエットのユニフォームを着ていた昔のアスリート達が、少し懐かしくなってくるのでした。

しかし腹という新顔の恥部も、たくさん見ていると、次第に見慣れてくるもの。また今時の娘さん達の腹は、物心ついた時からずっと腹見せをしているせいか、視線ズレしていて、あまりいやらしくない。

してみると、今の熟女達の腹が非常に生々しく見えるのは、彼女達が腹出し世代ではないから、という理由もあるような気がするのです。彼女達は、ウェスト部分までしっかり覆うようなパンツやスカート、そして丈の長めのトップスを着て、人生の大半を過ごしてきました。青春時代においても、そうやすやすと腹を見せるようなことはしなかったはず。彼女達の腹は、他人の視線から守られて、安穏と四十年なり五十年なりを送ってきたのです。

だからこそ今、突然視線にさらされるとやけにエロく見えてしまう、熟女達の腹。今の若者達が熟女になる頃は、紫外線を浴びすぎて腹にもシミができているのかもしれず、熟女達の腹のちょっとウブな質感と表情は、意外と貴重なものなのかもしれません。

口

同年代の女性と久しぶりに会う時というのは、緊張するものです。何に緊張するかといったら、相手の容貌《ようぼう》がどのように変化、というか劣化しているかということを目《ま》のあたりにすることに対して。

三十代くらいまでは、相手に老化の兆候が認められると、「ふふふ、私はまだ大丈夫」などと思ったものですが、最近は違います。以前は認められなかった老化現象を目のあたりにすると、とても「ふふふ」などとは言っていられない。「私も、いつこうなるかわからないのだ！」と、恐怖に近い気持ちを抱くことになるのです。

先日も、同年代の女性と久しぶりに会う機会があった私。

「お元気でしたか？」

などと言い合っていると、以前とあまり変わった様子は見られない。「シワもシミもあまり無いみたいだし、よかったぁ」とホッとしたのも束の間、彼女がニコッと笑った時、私は衝撃を受けたのです。なぜならば、彼女の前歯と前歯の間には、明らかに以前には無かった隙間が空いていたから。

歳をとると歯茎が痩せてくるのだ、という話は聞いたことがありました。だから歯間に隙間ができやすくなり、お年寄がよく爪楊枝を使うのはそのせいだ、と。

しかしそんな兆候は、もっと年老いてからあらわれるものだと思っていたのです。自分と同年代の人の前歯がそのようになるのは想定外だったのであり、「歳をとるということは、このような衝撃を一つずつ乗り越えていくということなのだなぁ」と、改めて思ったのでした。

その日、彼女と話している間中、歯の隙間が気になってしょうがなかった私。その隙間を眺めつつ思ったのは、「口というのは、意外と重要なポイントなのだ」ということでした。

その昔、おばあさんの絵というと、口のまわりに放射線状のシワが描かれていたものです。が、入れ歯技術が発達したせいなのか化粧品の発達のせいなのか、昨今は口のまわりが梅干しを食べた時みたいなシワになっているおばあさんは、あまり見かけません。

昨今、口と老化の関係は、もっとデリケートな問題となっているのでした。ちょっとした歯の黄ばみ。歯間の黒ずみ。さし歯が原因の、歯茎の色の劣化。

歯並びの問題も、無視できません。若い頃はご愛敬で済まされた歯並びの悪さは、歳をとってくると、やけに気に障るようになってくるもの。歯茎のゆるみによってさらに歯並びは乱れ、八重歯がチャームポイントです、などと言えなくなってくるのです。

昨今は三十代以降から歯列矯正をする女性が増えていますが、それも口元の重要性が認識されるようになったからなのでしょう。若くないからこそ、口元は余計にスッキリさせておかなくてはならなくなりました。

そして私が今、直面している口元に関する問題は、

「どんな口紅を塗ったらよいのかわからない」

ということです。

口紅の色というのは、時代を象徴するものです。バブルの時代は、こんな私でもディオールの青みピンクの口紅を塗っていたものでした。青みピンクという口紅こそは、あの時代を象徴する色。トサカを立てたりはしなかったものの、青みピンク口紅をぐりぐりと唇に塗り込めることによって、私はバブル気分に浸っておりました。

青みピンクでなくとも、ファッションの傾向によっては、血のような深紅の口紅を

塗る人もいた、八〇年代。あの時代の若い女性は、クッキリとした色の口紅によって、唇と自分とを強調していたのです。

ところがバブルが弾《はじ》けた後、時代は一気にナチュラル指向となってきました。アイメイクにしてもチークにしても、「この色を塗ってます！」みたいな主張は消え、口紅であれば、元々の唇の色を少し濃くしたような色が中心に。ちょっとした変化はグロスでつける、という感じになりました。

青みピンクや深紅といった口紅から考えると、ナチュラル系口紅をつけた人の顔は、確かに自然で普通なのです。唇の輪郭にしても、リップペンシルでくっきり描くのではなく、境目をはっきりさせずにぼかしてみたり。

おそらくは、あまりに人工的すぎた八〇年代からの揺り戻しとして、ナチュラルブームが起こったのでしょう。それは当然のことであり、八〇年代のような世の中がずっと続いたら、息苦しくてやっていけなかったとは思うのです。

私自身も、バブルの時代からナチュラルブームに移行して、「あーラクになった」と思ったものです。が、長引くナチュラルな流れの中で歳をとってみると困ったことも出てきて、その一つが先程の「どんな口紅を塗ればいいのか」という問題。

物心ついた頃からずっとナチュラルブームの中で生きている若い女性達は今、当然のようにナチュラル色の口紅を塗っています。対して、ナチュラルブーム発生の時に既に若くなかった中高年の女性達は、昔も今も、赤系であれピンク系であれオレンジ系であれ、クッキリ濃い色の口紅を塗っている。

しかしクッキリ→ナチュラルという変化の中で若い時代を過ごした私のような者は、自身が中年期にさしかかった時、身の置き所、というか唇の着地点がおぼつかなくなるのです。バブルが終わってからずっとナチュラル色を塗り続けてきていたというのに、ある日ふと、「この歳でこれでいいのか?」と思う瞬間が、やってきてしまう。

ナチュラル色の口紅というのは、肌にハリとかツヤがあるからこそ、映えるものです。肌がみずみずしければ、赤やピンクといった人工的な暖色は、不要なのです。

しかし肌にくすみやたるみが出てくると、ナチュラル色の口紅は、急激に似合わなくなってきます。くすんだ肌にくすんだ色の口紅を塗るとほとんど死人のようなメイクになってしまうからこそ、人工的な暖色を加える必要が出てくる。

問題は、死人顔になかなか自分では気付かない、ということでしょう。「私はまだイケてる」といった気分のまま、ナチュラル色の口紅を使っていると、集合写真の中で自分だけが心霊写真のようになっていたり、トイレの鏡に映った顔にギョッとしたりすることがあるのだけれど、「蛍光灯のせいだわ」みたいな言い訳をして自分を納得させてしまいがち。

クッキリ色の口紅を塗れば簡単に解決する問題ではないか、というご意見もありましょう。しかし、ナチュラル時代の現在において、クッキリ色の口紅を塗るというのはすなわち、

「私はおばさんの世界に入りました。もう戻りません」

と宣言をするようなもの。今までナチュラル色を塗っていた人が急に方向転換をするには、相当な覚悟が必要なのです。

そんなわけで今、微妙なお年頃の女性達は、明らかなクッキリ色ではないけれどナチュラル色よりは濃いという、微妙な色の口紅を探し求めているのでした。化粧品メーカーもその辺りの需要を察知して、新色の開発をしている様子も、見受けられる。これからの化粧品業界は、この手の「ナチュラル育ちの中年」をいかに老けさせないか、という部分を重視してくるのではないかと思われます。

そんな私達のもう一つの悩み所は、

「いつまでグロスを使っていていいのか？」

というものです。唇をツヤッツヤに見せる効果を持つグロスは、数年ほど前から流行りだし、一時的なブームかと思ったら衰える様子を見せずに、既に定番商品となっ

ています。若い子の場合は、口紅をつけずにグロスだけでも、すごく可愛い。

しかし、中年。私もグロスを所持しているのですが、

「唇をツヤッツヤにしていいのは、何歳までなのだろう？」

と考えることがしばしば。

グロスというのは、たとえ若いとしても、取り扱いには注意を要する化粧品なのです。ぽってりと厚めの唇の全面にグロスを塗りたくってしまうと、あまりのヌラヌラ感に、内臓が露出しているようで鄙猥《ひわい》。否、鄙猥を通り越してグロテスク。

若い子ですらそうなのだからして、いわんや中年をや、なのです。ツヤツヤリップに対する憧れは、アイドル時代の聖子ちゃんを見ていた頃から抱いているのであって（なんであんなにツヤツヤなのかわからなくて、バターを塗ったりしてみた）、歳をとってもグロスを塗りたい気持ちは誰にでもある。しかし口元には法令線、だけれど唇はツヤツヤ、じゃなくてヌラヌラだったりすると、「やる気まんまんですよ！」というがっつきオーラが、否《いや》がおうでも放出されてしまう。その上、そんな唇を開いたら歯間には隙間があり、歯茎は灰色。話してみたら年齢による胃弱が原因で息が臭かったりしたら、すさまじいことこの上ないではありませんか。

それでも私は、我慢しきれずにグロスを塗ってしまうのでした。生々しくならない

ようにごく少量にはしているつもりですが、ハタから見たら「張り切っていらっしゃるわねぇ」と思われているかもしれない。塗りすぎても決して生々しくならない、ちょっとマットなグロス（というものに存在意義があるのかどうかはやや疑問ですが）の開発が、待たれるところです。

江戸時代の女性は、結婚をするとお歯黒《はぐろ》を塗ったのでした。白い歯をわざわざ黒く染めるという発想がよくわからなかったのですが、自分が歳をとったら「歯並びも歯の色も気にならなくなるだろうし、お歯黒って、いいかも」という気がしてきた私。将来、必ず劣化してくる部分を、結婚を契機として黒く塗りつぶすというのは、生活の知恵だったのかもしれません。

白い歯が黄ばみ、歯茎や唇といった粘膜が生気を失ってくるというのは、歳をとれば当然のことなのです。しかし、中年世界にどっぷり浸《つ》かりきることができない私達は、その変化を受け入れることができない。お歯黒時代の思い切りというものが、今となっては少し羨《うらや》ましい気がするのでした。

性　欲

四十代になると、

「ああもう、人生の後半に入っているのかもしれないなぁ」

と思うことがよくあります。我が家は長命の家系なので、必ずしも後半になったとは限りませんが、折り返し点くらいにいることは、間違いないでしょう。

若い頃は、自分に「人生の後半」などという時期がやってくることが信じられず、既に人生の後半に入っているであろう親達を見ていて、「よく平気で生きていられるものだ。人生の後半であることが恐くはないのだろうか？」と思ったものでした。

「人生は、確実にあと半分以上ある」と思うことによって、私は安心して生きていることができたのです。

ところが実際に折り返し点に立ってみると、別に恐くもないし、絶望もしないのでした。四十年も生きていると、「生きるっつーのは、なかなか難儀なものであること

よのぅ」ということもわかってくるので、「やっと後半か」とホッとすることすらある。ここで神様から、

「いえいえ、あなたは百二十歳まで生きるので、まだやっと人生の三分の一を生きただけなのですよ」

などと耳打ちされたら、あと八十年も人生が残っていることの方が恐くて、卒倒しそうです。

そんなことをしみじみ語り合っていると、ある女友達が言いました。

「でも私、三十代の後半頃からさ、『もし自分が生涯で行なうセックスの回数が決まっているとしたら、確実にもうその後半にいるのだな』って思うのよね」

と。

確かにそれは、その通りなのでしょう。発情期に限らずいつでも性欲があるというのは、動物の中では特殊なことなのだそうですが、そんな人間も盛んにセックスを行なうのは、最も生殖に適している年齢あたり。

「五十代とか六十代で、二十代を上回る頻度でセックスしてたとしたら、お盛んを通り越して、恐いものねぇ」

「寿命はあと半分以上残っているとしても、生殖年齢はとっくに半分を過ぎているわ

けね」

と、語り合ったのです。

若い頃は、中年になっても人間がセックスするなどということは、考えてもみなかったのでした。出産を済ませたら、性欲は消えてなくなるくらいに思っていた。

しかし大人になってみると、中年は中年同士で惚《ほ》れた腫《は》れたとジタバタしているし、経産婦を見ても、性欲が衰えてはいない模様。三十代や四十代になると、

「とはいえ、昔ほどムラムラはしなくなったわねぇ」

みたいな話にはなるものの、その手の意欲がなくなったわけではなく、性欲が人生のどこまでついてくるのか、よくわからなくなってきました。

しかし五十代の先輩女性に話を聞いてみると、更年期というものがどうやら一つのポイントになっているようなのです。

「私は若い頃、本当に性欲に振り回されて困ったものだけれど、更年期を過ぎてみたらそんな気持ちがなくなってとてもサッパリしたわ。更年期で良かったことといったら、性欲から解放されたことね！」

と言う方もいれば、

「四十代の頃は、何だか滅多やたらに、したくなったのよ。あまりの欲求に、夜に電

話をかけてつい男の人をウチに呼んじゃったこともあるくらいで。でもそれって、今思えば、ロウソクの灯《ひ》が消える前に最後に大きく燃える炎みたいなものだったような気がするのね。生殖可能年齢が終わる直前の性欲の炎ってやつ。でもそれから更年期に入ったら、もうその手の欲求はパッタリなくなったわね」

と言う方も。

なるほど、更年期までなのか……と、後輩としては安心なような不安なような気分になったわけです。

更年期になったら性欲が一段落するとしても、それまでの期間、女性の性欲およびセクシャルライフというものは、非常に不安定であると言うことができましょう。夫などの決まった相手がある場合は、セックスレスの真っ只中である場合がしばしば。特に、若いうちに結婚して子供を産んだ夫婦の場合は、その傾向が大きいようです。

子供達はスクスク育ち、特に夫婦仲が悪くもない家族。傍《はた》から見たら何一つ不足の無い姿であるわけですが、しかし妻は、セックスレスであるということに人知れず悩んでいるのでした。自分から夫に迫る勇気も無ければ、不倫する勇気も無い。その手の悩みを持つ知人は、

「真綿で首を絞められるようだ」

とつぶやいており、私は理想的な主婦に見える彼女が心に抱える深い闇、のようなものを見た気がしたのです。

昔であれば、子供を産んでからセックスなどしなくなっても、「ま、そんなものでしょう」と人々は思っていたのかもしれません。しかし今は、「何歳になっても、いきいきしたセックスライフを送りましょう」みたいなことが推奨される世の中です。十代の子が「セックスしなくては一人前ではない」と思うばかりか、何歳になっても、自分がセックスしていないことは異常なことなのではないかと思わなくてはいけなくなっているのです。

「セックスレス」という言葉が世に出たことも、大きかったでしょう。「セクハラ」にしろ「ストーカー」にしろ「ひきこもり」にしろ、言葉が発明されたことによって、急にその現象が目立つということがあるものですが、セックスレスもその一つ。それまでは、夫婦でセックスをしないことを何とも思っていなかった人も、マスコミなどでセックスレスが問題になるようになってから急に、

「そういえばうちもそうだわ……。それって、異常なことだったのね」

と、気にするようになった。

世界二十六カ国の人々の年間セックス回数を調べたデュレックス社の二〇〇七年の

調査によると、日本人の平均年間セックス回数は四十八回（ま、たぶん週に一回くらいっていうことなんだろうな〜）で、その中でも最低ランク。モンゴロイドは元々、コーカソイドやネグロイドと比べて性欲が弱いという話も聞いたことがありますが、それに加えてストレスが多かったり、人間とセックスをするよりバーチャルなものを相手にする方が気楽という男性が増えたりで、日本人のセックス回数は少なくなっているものと思われます。となると、

「ギリシャの人は年に百六十四回（ちなみに、世界一です）もセックスをしているというのに我が家は……」

と、ますます「真綿で首絞め感」は、強まるのではないか。

セックスレスで悩む女性の悩みの中身というのは、必ずしも「性欲が満たされない」というものではありません。「男性から、異性として見なされない自分」という存在が、つらいのです。

この、「常に異性として見なされていなくてはならない」という気持ちは、女性に生きる気力を与えると同時に、不安を与えてもいます。常に男性から女として見られていたい、という欲求があるからこそ、昨今の中年女性は何歳になってもお洒落で美しく、ちゃんと化粧もしているわけです。が、だからこそいざ「女として見なされな

い」となると、アイデンティティー・クライシスに見舞われる。

　昔の女性であれば、三十代くらいでおばちゃんと呼ばれるようになり、本人もそれが当たり前だと思っていたことでしょう。人生の中で女として扱われることなど、つがい作り前後のほんの一時期だけということを彼女達は知っており、だからこそ早々に女業界を引退した。皆が皆、早期に引退してしまえば、女として扱われなくとも不満など抱かなかったはずです。

　しかし今は、いつまでも性的に現役でいなくてはならなくなりました。出産は、もはや性の引退の言い訳にはなりません。何歳になろうが、子供を何人産もうが、「夫にちゃんと性的に求められている」ということが、幸福な人生を送っていることの証明カードとなったのです。

　ここでポイントなのは、「求める人」ではなく「求められる人」でなくてはならない、ということでしょう。若者であればまだ、女性から男性にセックスを迫っても、「まぁそういう時代ですし」ということになるのです。しかし中年世代の場合、特に男性側が「女性の方が積極的なのは、ちょっと……」という気持ちを持っている方が多い。結果、中年期の女性は、いくら性的に不満を持っていても、自分からはどうすることもできないのです。

この世代の女性は、性的な面以外でも、「自分から求めるのではなく、他者から求められなくてはならない」という気持ちを持ち続けてきました。恋愛や結婚をする時も、自分からアプローチするのではなく、相手が食指を動かしてくるような女らしさを、自分で演出。仕事をする時も、能力や業績を自分でアピールするのではなく、上司や取引先から目をかけてもらえるように、自分を提示。

結婚や仕事の面では、その手の手法が成功してきた人も、しかしこと中年期の性的な面に関しては、うまく「相手に選ばれる」ことができないのでした。その結果、ただ悶々《もんもん》と真綿の首絞め感に耐える人もいれば、

「何だかあの人、狂い咲いてない？」

と周囲から陰口を叩かれるほど、無謀な性処理をしたりする人もいる。

心身両面でのコミュニケーションをずっと求め続ける女性と、次第に淡泊化していく、男性。私はどうもこの国においては、女性の方がゼイゼイしているように思えてなりません。まだ、女の子が積極的にコクったり迫ったりするのが普通になっている若い世代の方が、希望はあるのではないでしょうか。

友人達とは、

「いつか、人生最後のセックスっていうのが、やってくるわけよねぇ」

という話になることがあるのでした。

「でも、それがいつかっていうのは、わからないわよね」

「後から考えて、『ああ、あの時のが人生最後のセックスだったのだなぁ』とか、思うのでしょうねぇ」

「ていうか、人生最後のセックスって、実はもう終わってたりして？」

「きゃーっ、そうかも！」

などと。

そう、もうこの年齢になったら、セックスに限らず、いつ突然、何かが断たれるかもしれないのです。

「一球入魂っていうか、一期一会っていうか……」

「何事も、『これが最後』と思って、大切にしていきたいものですなぁ」

と、生殖年齢の終わりの方を生きている私達は、遠くを見つめているのでした。

旅

気がついてみれば四十代になってこのかた、私は今までの人生において、もっとも頻繁に旅をしているのでした。

それはほとんど仕事の旅であり、またほとんどは国内の旅なのですが、月に三〜四回は旅に出ていたりする。東京駅だの羽田空港だのを頻繁に歩いていると、「売れない芸能人みたいだわねぇ」などと思うのです。

しかし考えてみると、女性の四十代というのは、普通は人生の中で最も旅をしない時期なのではないでしょうか。

家庭を持つ人であれば、子供も思春期にさしかかってきたということで、そろそろ親と一緒に旅などしなくなってくる。では夫婦で旅をするかといったら、色々な面でそれほどの余裕はない。

ふらふら旅をしていると、「ああ、旅というのは、独身だからこそできるものなのであるなぁ」と思うわけですが、しかし独身であっても、旅のスタイルは以前と比べて、少しずつ変わってくるものです。

まず私の場合、最近悩んでいるのは、

「いつまでリュックを背負っていていいものか？」

という問題。

国内で三泊くらいまでの旅であれば、私はたいてい、エルベ・シャプリエの小さなリュック一つ背負っていくのが、これまでは常でした。瀟洒《しょうしゃ》な温泉旅館とか高級ホテルに行く時はもう少し洒落たカバン（しかし革製のものはもう重くてダメ。ナイロンしか持てない身体になりました）を持つわけですが、そうでない旅であれば、どこへ行くのにもリュックが一番ラクだったのです。

しかし昨今は、旅立つ前にリュックを背負った姿を鏡に映すと、「これって、いいんでしょうかねぇ」と、思う私。若いうちは、リュックを背負って汗をかきつつ旅をする姿は自然だったのですが、中年になってもそれをやっていて、いいのかどうか。中年のリュックというのは、どこかみすぼらしいものではないか。

六十代以上になれば、再びリュックは「アリ」になるのです。なにせリュックは、両手が空くので便利ですし、荷物の重さも、背負ってしまえば手に持つよりずっとラクということで、お年寄には最適なバッグ。団体で旅行をするお年寄達は皆、リュックを背負っているものです。

しかし若くはないし老人でもない年齢層である私にとってのリュックは、微妙です。山にでも登るというのであればいいのですが、そうではない時に中年がリュックを背負っていると、「若ぶっているのに空回り」、もしくは「妙に年寄臭い」のどちらかになってしまいます。

だからこそ、私は悩むのです。それは私にとって、長年愛用してきた旅の友であり、実に色々な場所に一緒に行ってきました。見た目よりもたくさん入るし、ちょっと洒落てもいるし、丈夫だし……と相思相愛の仲だったのに、いよいよ別れなくてはいけなくなってしまったのか。

別れなくてはいけないことは知っているのに、しかし私はまだ、リュックと別れることができていません。違うバッグを持たなくてはと思っていても、旅の準備をしているとつい「やっぱり……」と、リュックを手に取ってしまうのです。

この、「わかっちゃいるけど」という部分も、人をして中年感を漂わせる原因となるものでしょう。四十代になると、スニーカーを履いていると「今日はお子さんの運動会ですか？」という雰囲気になってしまいがちですが、やはり旅においてスニーカーはラクな上に便利なことこの上なく、私はどうしても履いてしまう。年齢にそぐわないのはわかっているのに、便利さに抗うことができずに「実用」の方面に流れていってしまうと、人は老けて見えるのです。

ここしばらくで急に増加してきたのは、ガラガラとひっぱるタイプのキャリーバッグです。確かにあのバッグは、重いものを運ぶ時に便利ではある。しかし、キャスターつきバッグというのは一種の車のようなものなので、運転する人、すなわち荷物の運び主がトロいと、周囲の人にたいへんな迷惑がかかることになります。ぼーっとキャリーバッグを引いて他人にぶつけたりしている人を見ると、「気を付けたいものよのう」と、思うもの。

してみると、中年になってからの旅の友は、宅配便ということになってきます。若者が大荷物を持って旅をしているのを見ると、「頑張れや」という気持ちになりますが、若者でない人が大荷物を懸命に持っている図というのは、どこか哀れ。さらに服装がとてもカジュアルだったりすると、若者なら「バックパッカーなのかしら？」と思ってもらえますが、若者ではない年齢だと「ホーム……レス？」的な雰囲気になってしまうこともある。

だからこそ私は、宅配便を愛用しているのでした。行く時も、事前に宿まで荷物を送っておく。旅先で使えるように、荷物の中にはリュックを忍ばせておいたりして。そして帰りも、土産物と一緒に荷物を宅配。宅配は、旅する中高年にとって、今やなくてはならない存在と言っていいでしょう。

リュックやスニーカーといった物にしてもそうですが、このように「若い時にやっていたことをそのままやり続けるのは、ちと痛い」というのが、四十代の旅です。

女同士の旅というものにしても、同様のことが言えます。たとえば二十代の女の子四人が旅をしていると、賑やかに話したり笑ったりしている様子は、周囲から好意をもって受け入れられるもの。宿で皆が浴衣に着替えると、まるで花束がそこにあるかのような存在感を、醸し出すものです。

しかし中年女性の四人旅になると、周囲からの評価は激変します。新幹線で席を向かい合わせにして座っていたりすると、そのおしゃべりは「賑やか」ではなく「うるさい」と捉えられる。宿で浴衣に着替えても、既に花としての存在感はなく、「変におくれ毛とか垂らしてるんじゃねぇよ」といった視線も、感じられる。

女同士の旅の楽しさは、若くても中年でも変わるものではありません。が、「私達は〝花〟なのだからして、チヤホヤされて当然」といった昔の記憶のままで好き放題やっていると、

「本当におばさんって、図々しいわよね」

と、背後で若者が囁いていたりするのです。「もう、あまり団体行動はとらない方がいいのだなぁ」と、中年女性集団を見ていると、思うもの。

かといって一人旅ならいいのかというと、それも違うのでしょう。私もかつては、ずいぶんと一人旅をしたものでした。地元のお年寄ばかりが湯治しているような東北の温泉宿に行って、おばあさん達に親切にしてもらったり。宿の予約もせずにふらりと鉄道に乗って、着いた先で適当に泊まってみたり。

では同じことを四十女がやったとしたらどうだろう、と考えてみますと、やはりすさまじい感じがするのです。東北のおばあさんは、私が若い娘っこだったからこそ、「めんこいのぉ」と親切にしてくれたのでしょう。また、ふらりと宿に行っても泊めてもらえたのは、やはり私が若かったからなのではないか。四十女が一人でローカル線に乗り、

「あのぅ、今日、泊めていただけますか」

と宿に行ったとしたら、たとえ部屋が空いていたとしても、宿の人は不吉な香りをキャッチして、泊めてくれないものと思われます。

これが男性であれば、話はまた違ってくるのでしょう。中年男の一人旅というのも、

別に美しいものではありません。が、寅さんとか種田山頭火《たねださんとうか》といった例を見てもわかるように、「さまよう中年男」は、どこかロマンチックな目で見られることもある。世捨て男には哀愁が漂いますが、世捨て女に漂いがちなのは、悲しいかな腐臭。中年女が一人でさまよう時は、惨《みじ》めに見えないように身綺麗《みぎれい》にするとか、思い詰めた顔をしないとか、細心の注意が必要なのです。

四十代の女一人旅がラグジュアリーな方向に行きがちなのは、だからこそ。高級ホテルに泊まってエステを受けるとか、個室露天風呂つき温泉宿に泊まって、読書三昧とか。世間の視線をシャットアウトして楽しむ方が、ラクなのです。

しかし私としては、実は四十代こそが一人旅をするには最も楽しい年頃なのでは、という気もするのでした。既に立派な大人、なおかつ様々な知識も身につけた四十代は、旅先での分別もつくし、判断力も知的な探求心もある。さらには旅をするのに必要な体力もまだ持っているので、長ーい石段を見ても、上ることを諦めずに済むのです。

これからは、四十代の女性旅人も、増えてくることと思います。私達は、旅をする楽しさを、既に知ってしまった世代。親達の世代であれば、子育てや親の介護が終わった後で、

「やっと旅行ができるようになったわ〜」

ということになったのでしょうが、私達は高校や大学の卒業旅行から海外に行きまくり、子供を産んでもハワイに行き、そうでなければ三十代でハタとディスカバー・ジャパンな気分になって京都に通い詰めたり、不倫で高級温泉旅館に行ったりしていたのです。旅の経験値が思いきり高い私達が、四十代になったからといって急に旅をやめることができるとは、とうてい思えない。

日本のホテルや温泉宿は、一昔前と比べてだいぶ変わってきました。女性に受けなくては宿は繁盛しないというのは、もはや定説。そんな動きを推進してきたのは、旅の経験値が高い女性達なのです。

今、周囲の四十代女性を見ていると、やけに老成した旅に走っている人が、多いものです。

「近江で、十一面観音を見てきたの。滋賀の渋さって、グッとくるわね」

と、白洲《しらす》正子《まさこ》化が進む人もいれば、

「一人で利尻富士《りしりふじ》に登ってきたわ」

という深田久弥《ふかだきゅうや》ばりの人もいるし、

「山形の即身仏《そくしんぶつ》を今、巡っています」

と、柳田國男《やなぎたくにお》のようになっている人もいる。

四十代で、既に老成した旅をしている女性達は、これから先、どこへ向かうのでしょうか。彼女達がこれからどのような旅を開拓していくかによって、旅の新たなスタイルが決定していくのではないかと思います。

してみると私も、「四十にもなって一人旅っていうのもねぇ」と萎《な》えていては、いけないような気も、するのでした。リュックの代わりに、何を持つか。スニーカーの代わりに、何を履くか。それは確かに問題ではありますが、「どんな人だって、一人旅をしたいのだ」ということを世に知らしめるためにも、中年女一人旅をする人の姿は、消してはいけないのかもしれません。

女性誌

読者の方とお目にかかった折、私が最もよく言われること。それは、

「『Ｏｌｉｖｅ』の時から、読んでます！」

というもの。

「Ｏｌｉｖｅ」という単語にピンとこない方に説明しますと、これは一九八二年に創刊された、女の子向け雑誌。今もある「ＰＯＰＥＹＥ」の女の子版というものだったので、最初は「ＰＯＰＥＹＥ」と同様にアメリカ西海岸っぽい誌面だったのですが、次第にパリの香りを漂わせるようになり、当時の少女達に絶大な人気を誇っていたのです。

で、私は高校時代から大学時代にかけて「Ｏｌｉｖｅ」においてエッセイを書いていた関係で、今になっても、同世代の女性達が「オリーブの時から、読んでます！」と言って下さる。

「Ｏｌｉｖｅ」が、新しかったところ。それは、少女達にパリの風を感じさせたところもそうですが、少女雑誌の世界に初めて、生身の「ちょっとステキな読者」を登場させたことでしょう。つまり、

「××高校×年、×××子さん」

という肩書きとともに、写真入りで実際の読者を誌面に出したのです。

その手の手法は、既に「ＪＪ」などの女子大生向け雑誌では取り入れられていました。女子大生達は、「××女子大×年、×××子さん」という肩書きと、自分の持ち物などとともに、華やかな女子大生ライフを披露していたのです。

「Ｏｌｉｖｅ」にしても「ＪＪ」にしても、そこに登場するのは、「等身大の読者」ではなく、「ちょっとステキな読者」でした。皆に憧れられるような肩書き、つまりは学校名と、皆が欲しがるような持ち物を持っている子達が、ページを飾っていた。

欠点の無い容姿を持ったモデルの子が出てくるファッションページも、嫌いではないのです。が、モデル達が作る世界は、あくまで虚構のものでした。メイクもファッションも完璧《かんぺき》に作られた、それはいわば「物語」だった。

対して読者モデルの子達の姿は、「現実」でした。モデルのページがフィクションだとすれば、読者モデルが出てくるページは、ノンフィクション。実際にあの子達は

こんな物を持ち、こんな場所に行ってこんな遊びをしているのか……と思うと、一種の好奇心（別名・覗き見趣味）が満足させられたし、「こんなに楽しそうな生活をしている子が実際にいるのに、それにひきかえ私は」という焦燥感も刺激されたのです。

「Ｏｌｉｖｅ」はその後、往年の勢いをなくし、やがて休刊となりました。が、読者モデルがいっぱい登場して、読者達の覗き見趣味を満足させたり羨ましがらせたりしつつ、かつ「この程度だったらアタシの方がマシかも」とも思わせるタイプの雑誌の勢いは、止まりませんでした。「ＪＪ」を読んでいた人達の年齢が上がるにつれ、その年齢毎に、その手の雑誌が創刊されるようになってきたのです。

三十代向けの「ＪＪ」と言うことができる「ＶＥＲＹ」が創刊されたのは、一九九五年のこと。この雑誌が出た時に私は、

「とうとう出たか……」

という感慨のようなものを抱かずにはいられませんでした。それまでは、三十代向け雑誌というと、料理の作り方や節約の仕方など、生活感満載のものばかりでした。が、「ＶＥＲＹ」には、三十代で結婚しているのに、「その爪でどうやって米といでるの！」的な女性達が、いっぱい載っていたのです。結婚しても子供がいても、「モテたい」「お洒落したい」「遊びたい」という空気が、そこには横溢《おういつ》していた。「ＪＪ」

の元読者達は、「ＪＪ」時代の気分をそのまま保ちながら、大人になったのです。
以降、三十五歳以上向けの「ＳＴＯＲＹ」が出て、四十代向けの「Ｐｒｅｃｉｏｕｓ」「ｍａｒｉｓｏｌ《マリソル》」、さらには五十代向けの「éｃｌａｔ《エクラ》」「クロワッサン　Ｐｒｅｍｉｕｍ」といった雑誌まで、今に至るまで次々と創刊されていったではありませんか。

私はその様子を、モーセのような気分で見ていたのでした。最初の「ＪＪ」世代というと、私より少し上の年代の人達であるわけですが、彼女達が歳をとるにつれて、まるでモーセが紅海を渡るかのように、雑誌の世界に道をつけていった。今、私の人生という道の先々に、

「何歳になっても、お洒落してモテてなくちゃ駄目なのよ！　引退は許されないのよ！　そして、人から羨まれるような物を持っていなくてはならないのよ！」

と鼓舞してくれる雑誌が置かれているかと思うと、頼もしいと言うよりは、恐い。
今はまだ六十代向けのその手の雑誌は無いようですが、この先必ずや、創刊されることでしょう。

「××さんご自身も卒園生という幼稚園に、今日はお孫さんのお迎えです。何でも入るボッテガ・ヴェネタのトートが便利」

と、そこではきっと孫すらもファッションアイテムの一つになっているに違いない。

では、四十代向けの雑誌は今、どのようになっているのでしょうか。共通して言えることは、ヌカミソ感がゼロ、ということです。たとえば「Ｐｒｅｃｉｏｕｓ」の、とある号を広げてみると、巻頭の特集は「エルメスの真髄、『ケリー』のすべて」というものでした。最も安くて六十五万円超、高いものだと千二百万円超のケリーバッグが、「みんな持ってるでしょう？　ま、持ってなくてもいつかは持とうとは思ってますよね」的に紹介されているし、その他にも、何十万円、何百万円の服や時計が誌面を飾っています。わずかに二ページだけ、料理の作り方が載っていたのですが、そんなページの存在も忘れてしまいそうなゴージャス感ではありませんか。

「ＳＴＯＲＹ」の巻頭特集は、「『自分のため』のガーターベルト入門」というものでした。

「丁寧にガーターベルトをつける時間は『女になる準備の時間』でもあるんです」

と四十二歳の主婦が語ったり、

「締め付けのない無防備な感覚が、物を拾う時も膝をつけてかがむ女らしさを生む」

と、「白木屋《しろきや》火事の時、当時の女性はズロースをはいていなかったので飛び降りることができませんでした」みたいなことを彷彿《ほうふつ》とさせるあおり文句も。

続けて大特集は、「40代おしゃれの常識『抜き打ち』テスト！」。四十代にとって、肩出しルック、背中見せ、ミニスカート、ピタひら美尻スカート、肌が透ける黒レース、といったものはどの程度許されるか、といった設問がなされていて、「ミニスカでも、黒タイツをはいていると男性のときめき指数は大暴落！」みたいな回答がなされているのです。ちなみにこの雑誌においては、料理のレシピは全く掲載されていない。

「ＳＴＯＲＹ」の場合、『更年期』のクスリ」という連載があったり、「『親の幸せ』から考える　誰もガマンしない二世帯住居」という特集があったりと、ヌカミソ感はなくとも、生々しさは漂っているのです。この雑誌の場合、加齢に伴う容姿の衰えや、生活の中の問題あれこれをも、「私のライフスタイルを彩るもの」として誌面に載せてしまい、読者の覗き見趣味を満足させているところが、素晴らしいテクニックだと思う。

「泥沼の離婚劇を経験しましたが、でも今はこんなにお洒落で生き生き暮らしています」

と、離婚までをもアクセサリーの一つとして昇華させる術が、そこにはあります。

ヌカミソ臭を感じさせない現代の四十代雑誌は、おそらくは本物のヌカミソすらも、アクセサリーにすることができるのだと思うのです。

「○○×子さん、四十五歳。料亭を継ぐご主人のおばあさまから譲り受けたぬかみそをかき回すことが日課です。『私のぬか漬けが無いと、朝食は始まりません』と語る×子さんの手は、ぬかみそ効果もあってか、白くてすべすべ」

と語られた日には、ヌカミソをかき回していない自分が、どれほど卑小に感じられることでしょうか。

ティーンの頃から女性誌を読んでいる私達は、以来ずっと、

「世の中には、こんな素敵な暮らしをしている人が実際にいるのですよ」

「世の中の人はみーんな、これを持っているのですよ」

といった女性誌の声を聞き続け、「それに比べて私は……」という劣等感を持ってきました。女性が幸せになるための一番の近道は「女性誌を読まないこと」だと思うのですが、それでも私達は、一種の強迫観念を持って、女性誌を読んでしまう。

それでは五十代になったらどうなのかしら、と五十代向けの「クロワッサン　Ｐｒｅｍｉｕｍ」を見てみたら、

「無地の上質ストッキングで、素足よりずっと魅惑的な脚を作る」

とか、

「下着は、ちょっと贅沢《ぜいたく》、くらいがちょうど良い」

とかってなっているではありませんか。

と、いうことで。この手の女性誌を読んでいる限り、私達はスーパーで売っているような脇幅が十センチのパンツをはいてはならないのでした。はくならはくで、「私ったらこんなパンツをはいちゃって」という罪悪感を抱きながら、生きていかなくてはならないのです。

四十代の雑誌も五十代の雑誌も、「下着に凝れ」「香水をつけろ」「素肌が命」的なことを言っています。が、思いおこしてみれば「Ｏｌｉｖｅ」だって、

「ちょっとお洒落な下着に、ドキドキチャレンジ！」

「香りをまとって、魅力アップ！」

「化粧はいらない、素肌で勝負」

といったことを読者に言っていたのです。そして私達は、たぶん死ぬまで、「お洒落な下着をつけろ」と女性誌から言われ続けなくてはならない。

雑誌を見ていると、女のやってることって、十代でも五十代でもそう変わらないということがわかるのですが、それは日本の四十代や五十代が、より十代っぽい感覚とライフスタイルになってきた、ということでもあるのでしょう。

少女の頃、私は「お洒落な下着をはけば（もしくは香水をつければ、もしくは素肌を磨けば）、素敵な未来がやってくるのかなぁ！」と期待しながら、雑誌を読んでいました。そして今は、四十代になっても五十代になっても、「素敵な未来」に思いを馳せながら、女性は雑誌を読んでいることがわかる。

未来はいったい、どこまで続くのか。女性誌を読んでいると、どこまでも未来は続くような気がして、実は「永遠」って存在するのではないか、とすら思えてくるのでした。

言葉

十代の頃、自分達世代と母親世代の言葉遣いを比べてみて、「おや？」と思うことがありました。私達が、

「……だよね」
「……だよ」
「……だね」

という言い方をするのに対して、母親世代の女性は、

「……わね」
「……よね」
「……なのよ」

といった語尾を使用するのです。母親世代で「だよね」「だよ」を使用する女性もいましたが、それはかなり磊落《らいらく》な印象を他人に与えたものです。

母親世代だと、「だよね」は、おかしい。しかし、自分達が「わね」と言ってしまうと、それもそれでおかしい。果たして、この断層はどこにあるのか。それが世代の差であるとすれば、私達は大人になっても「だよね」と言い続けるのかもしれない。が、それが年代の差であるならば、自分達が大人になると、ある時点で「だよね」↓「わね」への語尾転換が行なわれるのかもしれない。ちょうど、男の子が「ママ」から「おふくろ」へと言い方を変えるように。

……と思いながら私は大きくなって、やがて二十代。成人になったとはいうものの、まだ「だよ」「だよね」を全く抵抗なく使用しており、「わね」「よね」「なのよ」は、ほとんど会話の中に出てきません。

そして、三十代。「だよ」「だよね」はまだまだ使用していたのですが、次第に「これでいいのだろうか自分？」という気分にも、なってきたのです。二十代はまだ、「だよ」という元気のいい語尾と若さが呼応していました。しかし三十代にもなると、「だよ」という語尾は若々しすぎるのではないか、と思えてきたのです。

ちょうどその頃に気になりだしたのは、女子高生達の言葉遣いの、男子化です。私達も女子高生時代に「ウザい」とは言っていました。が、この頃から女子高生は「ウザい」を「ウゼー」と言うようになってきました。女子高生時代の私が、

「あの子、ちょーウザいんだよね、もう死んじゃえって感じじゃない？」

と言っていたことが、

「あいつ、ちょーウゼー。マジ死ねって感じじゃね？」

と言われるようになったのです。

その頃から女子高生達は、自分のことを「ウチ」と、自分達のことを「ウチら」と言うようになってきたわけですが、それはともかく言葉遣いの男子化が進む女子高生達を見ていて、私は「そ、それはどうなのか」と思っていました。女子高生時代の自分達の言葉遣いも、親からしたらひどかったのかもしれないが、「それにしても、こんなにひどくはなかったのではないか」と思ったのです。

同じように、三十代になっても「だよね」的な語尾を使用している自分は、自分としてはごく自然と思っていても、他人から見たらかなり「いかがなものか」感が強まっているのではないか、という気がしてきました。「いい大人なのに、いまだに乱暴で若者っぽい言葉遣いをしている人」というように。

その辺りから、私の会話の中で「わね」「よね」語尾が、少しずつ増加していきました。四十代になっても、まだまだ「だよね」とも言いますが、ティーンの頃と比べたら、明らかに話し方は違ってきているような気がするのです。

歳をとって、さらに気を付けなければならないなぁと思うのは、流行語の使用法です。「私だって、今流行っている言葉くらい知っている」とばかりに流行語や若者言葉を口の端に出してしまうと、「頑張っていらっしゃるんですね」という雰囲気に。

かといって、自分が若かった時代の若者言葉をそのまま使用してしまうのも、それはそれでまずいのでした。

「あら、そういえば今日はハナキンだからみんなルンルン気分なのねぇ」

などと言ってしまうと、

「ルンルン気分って口語で使われるの、初めて聞きましたぁ」

とか、

「ハナキンって何ですか？」

などと、周囲の若者から言われてしまうわけです。

これがもっと年配になれば、

「それ、ちょー可愛い」

と今風の言葉遣いをしようと、

「イカしたアベックがおデートして」

と自分の時代の言葉を使用しようと、微笑《ほほえ》ましく受け取られるのだと思うのです。

が、若者ではなく年寄でもないというお年頃の大人の言葉遣いは、本当に難しい。

そして私は、思いました。

「もう、言葉遣いで若さをアピールしたりウケを狙ったり個性的に見せようとする年齢は、終わったのだ。これから私達は、ごくまっとうに話してさえいれば、間違いはないのではないか」

と。「ちょー可愛い」と表現したい時も、「とっても可愛い」と、そして「これ、ヤバい！」と言いたい時も「これ、おいしい！」と言った方がいい歳に、なってきたのです。

その感覚は、友人知人達も抱いている模様。子供の頃からずっと、「……だよね」「……だよ」と話していた女友達とも、気が付けば最近は「……よね」「……なのよ」と話していたりするではありませんか。

が、しかし。女友達数人と食事をしていたある時、化粧室に行った帰りに、「よね」「なのよ」と話す我がグループの会話を遠くから聞いていると、何だか急に、「ああ、私達もおばちゃまの話し方になったなぁ」と、感じてきたのでした。

「よね」「なのよ」系の女性特有の語尾は、今となってはほとんど古語のようになっているのです。それを使用するということは、「女性らしい」と同時に、確実に「ある程度の歳」という感じを醸し出すことになる。

さらにこの歳になってくると、尊敬語や謙譲語の使い方も、堂に入ってきます。

「ほらあの方、前にあああおっしゃっていたじゃない？」

「そうなのよ、それをうかがったから私、どうしようかしらって思って……」

などという会話は、若々しさゼロの、まさにおばちゃまトーク。

尊敬語・謙譲語の使用のみならず、目下の者への態度も、年季の入ったものになってきます。たとえばレストランの若い従業員に対しては、何かをやってもらった時、

「ありがとうございます」ではなく、

「あら、ありがと」

とか、

「どうもー」

などと、相手の顔すら見ずに言うようになってきている。フレンチレストランでサービスされてドギマギしていた若い時代の面影は、もうそこには全くありません。コートを着せかけてもらった時、

「恐れ入りますぅ」

と手慣れた風に言うのも、絶対に若者にはできない技。

声のトーンも、さらにおばちゃまっぽさに拍車をかけます。歳をとると、若い頃から低音だった人はさらにドスの利いた声になってくるか、はたまた酒焼けしたような声になってきます。また、若い頃にソプラノだった人は、キンキンした林家パー子のような声になってくる。

ほとんどオカマのようなひび割れた声の人と、パー子さんのような声の人が入り交じって、

「そうなのよ」

「よかったわ」

などと古語でわぁわぁ話しているのを聞いていると、しみじみ「長く生きてきましたね、私達」という気持ちになってこようというもの。

古語といえば、最近しみじみ「古語だなぁ」と思うのは、自分の名前なのでした。「子」がつく名前の子供自体、最近は滅多にいないものです。その上「順子」ときたら、きっとこの二十年くらいは、そんな名前を自分の子供につけた親は日本にいないのではないか。従順の「順」、順番の「順」は、今となってはあまりにクラシック。自由&自立の世を生きる女子達にとって、「順」などという字は「生理不順」という単語の中くらいでしか、親しみが無いのではないかと思われます。

私が子供の頃、「トミ」とか「スエ」といった名前を見ると「おばあさんっぽいなぁ」と思ったように、今の子供達は「順子」という名前を見て、「昔の人なのだなぁ」と思うことでしょう。順子さんだの恭子さんだのが集まって、

「これ、どうかしら?」

「すてきだわ」

などと言い合っているのを聞いて、若者達は「昔の人達が昔の言葉遣いで話しているなぁ」と思うに違いありません。

では、

「マジ死ねって感じじゃね?」

と語り合う「花梨」ちゃんや「夢香」ちゃんは、大人になった時、私達の世代のように、「言葉遣いを、ちょっと女性っぽく変えた方がいいのかしらん?」と思うのかといったら、それは疑問なのです。

言葉遣いは、時代の空気とリンクします。女は嫁に行くのが当然、という空気の中で育った私の親の世代が、子供の頃から「わよ」「よね」と言っていた世代だとしたら、女も仕事をするべきでしょう、という空気で育った私達は「だよ」「だよね」から、成長するに従って「わよ」「よね」に脱皮した世代。しかし男も女も、自由競争

の時代ですよ！　という中で育つ今の若者達は、もうそのような脱皮をせず、ずっと男言葉、と言うよりはユニセックスな言葉遣いをしていくのではないか。

となった時、私達の「わよ」「よね」は、いよいよ古風な言葉遣いとしての響きを強く持つことでしょう。老人になったら、「最後の女言葉の遣い手」になっているかもしれないと思うと、たとえおばちゃま感をどれだけまきちらそうとも、「わよ」「よね」語尾という消えゆく伝統を守っていきたいような気もするのでした。

服

二十代の頃、四十代とか五十代の女性達が、

「だんだん、コットンが着られなくなってくるわね」

「白の綿パンツなんか、昔は大好きでよくはいていたのに、今はもう無理」

などと言っているのを耳にしたことがあります。はて、なぜコットンが着られないのか。何かアレルギーにでもなったのか。

……と、その時の私はピンとこなかったのですが、今になってみるとよーくわかります。彼女達は、別にアレルギーになったわけではなく、歳をとることによって、コットンという素材が似合わなくなってきた、ということを言っていたのです。

衣服の素材としては最もシンプルで基本的なものである木綿に、似合うも似合わないもあるのかという気もします。が、木綿特有のカジュアルさ、ちょっとザラッとした風合いというのは、肌が張っているからこそ、生きるもの。ツルリと張った肌と木

綿の粗さの組み合わせは、互いを引き立て合うものです。ツルリとした肌にツルリとした絹など着ると、かえって互いの魅力を相殺することすらあるほど。

しかし肌がザラッとかシワッとしてくると、もう木綿は引き立ててはくれず、むしろ肌も木綿も、共にずずけて見える。上質な肌を持っている時は、身につける生地の質はさほど上質でなくとも大丈夫ですが、肌の質が下がるのと反比例するように、生地の質は上げなくてはなりません。肌がザラッとしてきたら、ツルリとした艶《つや》のある絹が似合うようになってくるのです。

「最近、めっきりTシャツが似合わなくなってきたのよね」

という友人の声も聞くのですが、これもやはりTシャツが綿素材だから、なのでしょう。Tシャツにジーンズ、ちょっとボサッとした髪にビーサンをつっかけ、布バッグを肩からかけるといった格好が可愛いと思ってもらえる年頃は、もうとっくに終わりました。Tシャツにジーンズは禁止というわけではありませんが、若い頃と同じ組み合わせをしてしまうと、「カジュアルさが可愛い」ではなく、「髪もザンバラだし……。生活苦なのかしら?」と捉えられがち。髪はきちんとまとめるとか、アクセサリーや時計は高価なものにするとか、ゴムのビーサンは履かないとか、細部に気を配らないと、惨め感が滲《にじ》み出てしまうのです。

Ｔシャツといえば、過度なピタＴの着用も、中年期には気を付けるべきことのようです。以前、中年キャリウー（キャリアウーマンの意、です）を目の前にして、何か見たくないものを見せられている感じを覚えた私。「この感覚は一体、何なのかしら」と考えてみたら、わかりました。ジャケットを脱いだ彼女のインナーが、ものすごくピッタリした白いＴシャツだったのです。

　歳をとったらインナーの質にも気を付けなくてはならないのは、よく知られていることです。首まわりがヨレているようなＴシャツなど、論外。皮膚が薄くなってきた胸元とセットになって見えるアイテムであるからこそ、上質なものを選ばないといけないのだと、私は以前、先輩女性から言われました。

　その時に目の前のキャリウーが着ていたのは、決して安っぽいＴシャツではありませんでした。ＧＡＰでもユニクロでもなく、おそらくはグッチなどのそれなりのブランドものであろうと思われる、質の良さそうな生地であった。下着がひびいていたわけでもなく、おそらくはＴシャツ用のブラジャーを着用していたのでしょう、胸のラインもすっきりしている。

　しかし「ああ、この歳の人の胸の大きさとか、どんなブラジャーをつけているかとかを、できれば知りたくなかった」と、その時私は思ってしまったのです。若い女の子が、胸の形もあらわに着るピタT姿は、とても可愛いと思えるというのに。

この歳になると、その手の「それはどうなのか」感を覚える瞬間は、ものすごくしばしばやってくるのでした。たとえば、冬。ここ数年、ロングブーツは大流行しており、冬のコーディネートにロングブーツは欠かせないものになっています。が、ロングブーツの履き方もまた、ある年齢以上の女性にとっては、難しいもの。つまり、スカートの裾からロングブーツの最上部までの間に、少しでも脚が見えると、「うーむ」と思えてしまうのです。

ブーツとスカートの間というのは、つまり膝周辺ということになります。四十代の膝とか膝裏を、たとえ黒いタイツをはいていたとしても、私はもう見たくない。ということは私の膝や膝裏も、他人様にとっては全く見たくないものであるわけで、スカートでブーツを履く時は、絶対に脚が見えない丈のブーツとスカートの組み合わせを選ぶよう、自らを律しております。

アクセサリーにしても、昔とは似合うものが違ってきました。大きなガラスの玉とか、カラフルなプラスティックとか、その手の安い素材を使ったアクセサリーを、昔はよく身につけていたものです。値段も安いから、玩具《おもちゃ》のようなアクセサリーをたくさん集めたりもして。

しかし今、それは木綿製品と同様の理由で、似合わなくなってきているのです。耳たぶの肉がヨレッとしてきたからこそ、ガラスのピアスではなく本物のダイヤモンドのピアスをつけないと、装飾の意味を為さなくなってきました。

安いものが似合わなくなってきたからといって、高いものばかり身につければいいかといったら、そうではありません。高い服飾品というのは、確かに人を貧乏臭くは見せませんが、往々にして人を老けさせます。貧乏臭さとおばさん臭さの間を縫うようにして、私の年代の女性は服を選ばなくてはならないということになる。

実際、昔は居心地が良かった若者向けのブティックに、私は今、おどおどしながら入るようになっています。若者向けブランドの服も、物によっては着られるし、第一安いから見ていて楽しいのですが、冷静に考えてみると、店員さんやお客さんの中で、明らかに自分が最年長。本当はじっくりと服を見たいのだけれど、

「ちょっと娘に頼まれましてね」

みたいな顔で、そそくさと眺めている自分がいる。

では、ブランドショップのような高級店が「私の居場所」と思えるかといったら、そうでもないのです。若い頃から感じていた、

「ブランドのお店で黒い服を着てるお姉さんって、なんだか恐ーい」

という気分は、大人になった今も一抹、心の中に残っています。黒い服のお姉さんからにこやかに声をかけられると、ここでもまたおどおどと歩を速めたりしているのです。

ここだ！　という店がみつからないという悩みは、同世代の友人達も抱えているようです。三十代の半ばくらいから、友人達の間では、

「何を着たらいいか、わからない」

という話がよく出るようになったもの。冬と春の間とか、夏と秋の間とか、季節の端境期《はざかいき》に人はしばしば「何を着たらいいか、わからない」「着るものがない」という状態になるものですが、若者と中年の間という年齢の端境期においても、人は「何を着たらいいか、わからない」のでした。

若ぶってはいないけれどおばさんっぽくもなく、そこそこフェミニンだけれど色気バアのようにもならない服。これは本当に、難しいものです。

欧米の人であれば、そんな私達を見て、

「中年になってますます、女の色気は出てくるのよ。お洒落に対して何をそんなに臆病になるの？　着たいものを着ればいいのよ！」

と言うかもしれませんが、ここは東アジア・日本。「女性は歳をとればとるほど成

熟し、魅力が増します」という建前は、まだ建前としてすら受け入れられていません。そんな我が国では、「身の程をわきまえる」という姿勢が、必要になってくるのです。

「女性は歳をとればとるほど成熟し、魅力が増します」といったことを我々が本当に信じているのであれば、私は中年女性の胸の大きさや下着の種類がわかった瞬間に色気を感じるでしょうし、膝裏を見たくないとも思わないはず。私達を縛っているのは、私達自身でもあるのです。

昔はもっと、四十代女性の洋服の選び方は、難しかったのでしょう。女性誌の種類を見てもわかるように、昔は女性というと、子供→若い未婚女性→結婚しているおばさん→おばあさん、という非常にざっくりした分別でした。「若い女性」と「おばさん」の間にいる女性向けの服など、考えられていなかったのです。

ところが今、「若い女性」と「おばさん」の間には確実にマーケットが、それもかなり太い鉱脈が存在するということが、よく知られるようになりました。若くはないがおばさんでもなく、現役感たっぷりという女性をターゲットとしたブランドも、ずいぶん見られるようになってきたのです。

少し前から流行っているラップドレスというものも、この世代におおいに受け入れられたアイテムです。ラップドレスとはつまり、身体を巻くように作られた、巻きスカートのワンピースバージョン。フェミニンではあるけれど身体にぴったりしすぎておらず、ということは締め付けも少ないので、この年代には好都合。シワになりにくい素材で作られている上に、ワンピースということできっちり感も出せるため、私達年代のキャリウー達が様々な柄のものをまとめ買い、という光景も見られました。

今後は、その手のアイテムの開発が、さらに盛んになってくることでしょう。長年のヒール着用によって内側に折れまがった足の親指を優しく守りつつも、デートにも履いていけるくらい華奢《きゃしゃ》に見えるパンプス、とか。大玉であるけれど、肩がこらないように軽量化されたパールのネックレス、とか。老眼が始まっても文字盤の数字が見やすいように工夫されていながらもお洒落なデザインの時計などというものも、喜ばれるかもしれません。

いつまでも引退ができない世代である私達は、きっとこれからもずっと、「何を着たらいいのか」と悩み続けるかと思います。が、イエス様は言いました。

「なぜ、衣服のことで思い悩むのか。野の花がどのように育つのか、注意して見なさい。働きもせず、紡ぎもしない。しかし、言っておく。栄華を極めたソロモンでさえ、この花一つほどにも着飾っていなかった。今日は生えていて、明日は炉に投げ込まれる野の草でさえ、神はこのように装ってくださる。まして、あなたがたにはなおさらのことではないか」

と。

そんなお言葉を目にすると、「あら、そうなのかしら」と、明日にでも新しいラップドレスを神様が枕元に用意して下さっているような気分になってきますが、もちろんそんなことはありえない。たとえどれほど思い悩むなと言われようとも、炉に投げ込まれる日まで「何を着ようか」と思い続けることは、私達の宿命なのでしょう。

恐さ

四十代になって感じるようになったことの一つに、「若者からあからさまにビクビクされるようになった」というものがあります。

たとえば、仕事の依頼の電話。

「あっ、あの、さっ、酒井さんでいらっしゃいますかっ」

などと、一瞬「変態がイタ電をかけてきたのか？」と思ってしまうような口調で話す人がいるのだけれど、よく聞いてみるとそれは変態のイタ電ではなく、単に緊張のあまりスムーズに話せないでいる若者であるらしいことがわかる。最近、その手の電話がグッと増えてきたような気がするのです。

また、初めて会う仕事相手が明らかにオドオドしており、話しながらも目が泳いでいたり、話が支離滅裂だったりすることもあるものです。途中で何度も、

「あの、緊張しちゃってるもので、変な話ばっかりしちゃってすいません」

といった言い訳が挟まり、最後には、

「本当に緊張しちゃったもので、わけわかんなくてすいませんでした！」

と言い放って、ピューッと去っていったりする。

そして私は、思うのです。「そんなに『緊張する』を連発されてもなぁ。それは、『相手を緊張させないようにする義務が年長者であるあなたにはあるのですよ』っていう意味なのかしらん。だとしたら申し訳なかったことであるが……」と。

年長者の前で緊張する気持ちは、私にもよくわかります。会社員だった頃、私も「大人」に仕事の依頼をしたり、「大人」と打ち合わせをするのは、とても苦手だった。自分に自信が無い分、「鼻で嗤《わら》われたらどうしよう」「馬鹿だと思われているのではないか」と、パニックを起こしてしまうのです。その頃の自分を思い出しつつ、「私も恐がられる歳になったのであるなぁ」と、感慨を深める昨今なのです。

若い人達に自分が恐がられる理由も、よくわかるのです。第一私には、愛想というものがほとんど無い。自分では満面の笑みを精一杯浮かべているつもりでも、他人から見ると微笑くらいにしか見えないらしい。若者の緊張をといてあげるような積極的な気配りも、無い。

若い頃は、愛想の無さに対して「テレ屋さんなのね」といった好意的解釈をされることもあったのです。が、四十にもなると、無愛想はそのまま無愛想。腕と脚を組んで眉をひそめていたりすると、「まぁ確かに、恐かろうよ」と、自分でも思うのです。

「恐がられる」という悩みは、多くの同年代女性が抱えているようです。会社に勤める友人は、

「男の後輩にちょっと注意したら、泣かれてしまった。何だかすごく悪者になったようで、心外！　私が若い頃は、仕事で泣くのはルール違反だと思っていたから、泣きたい時はトイレで泣いたものなのに」

と言っていました。雇均法（男女雇用機会均等法）世代が培ってきた仕事に対するクソ意地は、今時の若者男子には通用せず、「あの人、恐ーい」と腫《は》れ物感を抱かれてしまうのです。

またある友人は、

「レストランで出てきた料理が冷めていたから、サービスの男の子に『これ、ぬるいんですけど』ってちょっと言ったら、マネージャーがすっ飛んできて平謝りされて、最初に注意した男の子は二度と私のテーブルに近寄らなくなった。そんな、こっちも鬼じゃないっつーの」

と言っていました。

四十女が恐がられる理由というのは、確かにあるのです。彼女達は、色々な意味において経験値が高いため、つい何かと相手のアラに気付いてしまいがち。さらには年齢とともに図太さとか老婆心（まさに）も身についてきているため、そのアラをいちいち指摘してしまう。すると、

「あの人、恐い」

ということになってしまう。

年齢が年齢なのだからして、恐がられるのはもう仕方がないとして、恐がる相手にどう対応するかによって、私達の年代の女性は三つほどのタイプに分かれるかと思います。

まず一つ目は、「おふくろタイプ」。若者に対して厳しく指導もするけれど、すぐに優しい微笑みを見せて、若者を甘えさせてあげることができるのが、このタイプ。おふくろタイプの人は、実生活でもお母さんであることが多く、「恐さ」というムチを、「お母さんの優しさ」という誰もが絶対に嫌いではないアメによってフォローすることができます。

二つ目は、「アネゴタイプ」。おふくろタイプと似ているとも言えますが、おふくろタイプよりはもっと厳しい。若者に対しては、時には乱暴なまでに厳しく指導をして

恐れられているけれど、イザという時は責任をひっかぶったり、豪気におごってあげたり、時には泥酔して泣きだしたりという男気、じゃなくて女気があるタイプと言えましょう。「○○ネエさん」と年下から呼ばれがちなこのタイプの人は未婚である場合も多いのですが、時としてうんと年下の男性に慕われてカップルになったりするケースも、あるものです。

以上の二つのタイプの人達は、「恐れられる」ということを恐れていません。「この歳になったら、恐がられるのも役割の一つ」と、「おふくろ」とか「アネゴ」といったポジションを、ちゃんと引き受けているのです。

しかし中には、いつまでも恐れられたくない、という願望を持ち続けている人もいて、その手の人が「お嬢タイプ」。お嬢ちゃん時代の感覚を延々と持ち続けているため、若者から恐れられることを、異常に恐れている人達です。

彼女達は、「若者から恐れられてはならじ」という強い信念を持っているので、若者には極力優しく、かつおっとり接しようとします。が、その努力は、いまいち若者には通じていない。実は、三タイプの中で最も若者から恐れられ、腫れ物のように扱われているのが、このタイプでもあるのでした。

本当に天然で、若者のアラなど全く気にならないという人であれば、確かに若者からは恐れられないことでしょう。が、四十を過ぎて天然というのは、「頭悪い」というのと同義語。普通の人であれば、多かれ少なかれ若者に対してイラッとくるのが当たり前なのです。

だというのにお嬢タイプは、「恐がられたくない」という思いが強いあまり、イラッときたことを表に出さず、全て呑み込んでしまっています。それでもふとした目つきや態度に「イラッときている」というのは表れるもので、そんな目つきや態度こそが若者にとって最も「恐い」のです。

たとえば、会社の後輩の若者が電話で、

「○○部長は今、いらっしゃいません」

などと言ったとする。ここでおふくろタイプやアネゴタイプの人であれば、

「自分の会社の人に敬語使うんじゃないのっ。『○○は今、席を外しております』でしょうが！」

と、その場でピシッと言うのです。が、お嬢タイプは若者を叱って「恐い」と言われるのが嫌なので、その若者のことをチラッと見てため息をつくのみ。

「あの目つきが、恐いよネー」

「気に入らないなら、ちゃんと言ってくれればいいのに」

と、若者に陰で言われることとなります。

お嬢タイプというのは、社会という集団の中で、いつまでも「恐がる側」、つまり無責任な側に立つお嬢ちゃんのままでいたいのです。しかし自分の中に図らずも蓄積されてしまった経験値がそれを許さず、恐さの片鱗《へんりん》がチラ見えしてしまう。

対しておふくろタイプやアネゴタイプは、「私はもう、恐がられる側に行ったのだ」と割り切って、ギアチェンジをしています。彼女達は、社会における母なり姉なりといった、若者を指導する立場を自覚している。そして、そんなおふくろタイプやアネゴタイプの方がよっぽど、若者からは慕われていたりするのでした。

かく言う私はどのタイプなのだ、と考えてみますと、私の場合はやはり「恐がられたくない」という煩悩から逃れられていない、つまりはお嬢タイプなのでした。お嬢タイプというのは、子供の頃から年下より年上が得意で、可愛がることより可愛がられることの方が好き。だからこそ自分の年齢が上昇しても役割を交替することができず、可愛がられる立場というものに恋々としてしまうのです。

そんなお嬢タイプは、お嬢タイプであるからこそそのストレスも、持っているのでした。アネゴタイプなど見ていると、言いたいことを言っているようで、気持ち良さそう。若者のことを呼び捨てにしたりして、格好良くもある。対して自分は、若者に対して「注意したい……けどできない……」と、悶々としている。

昨今、若者からの恐がられ方が激しくなってきたように私が思えるのも、その悶々としている感じが漏れ出ているから、なのでしょう。「この人、本当は言いたいことがあるのに言わないでいるのだな」と若者が察知するからこそ、

「あああっ、あのあのあのっ」

などと彼等は緊張してしまうに違いない。

先輩の女性達に会うと、ひとかどの女性達というのは皆、相手を緊張させず、フランクに接して下さるものです。こちらの失礼は数々あると思うのに、イラッときている様子など、微塵《みじん》も見せない。そんな先輩女性達を見ていると、「私もこのようにならなくては」と、自らを反省することしきり、なのです。

四十代になりたてのお年頃は、社会における「おふくろ」なり「アネゴ」なりという立場にならなくてはいけないという自覚はあっても、まだ不慣れなのだと思います。外見的な若さを保ちたいという野望があるからこそ、中身だけおふくろやアネゴにならなければならないことに抵抗があるのかもしれない。

しかし、恐がる若者に対してちゃんと指導をするということは、大人としての義務と責任でもあるのでしょう。優しくていい人と思われたい、などという煩悩を捨てて、

ちゃんとした恐い人になりたいと、心に誓う次第です。……としてみたものの、でも私、いったん若者に注意しだしたら、本当に重箱の隅まで注意しちゃいそうで、それがまた恐いんだなぁ……。

健康

自分が老化したという事実は、まず身体の外側の老化現象において最初に察知するものかと思います。すなわちシワ、シミ、白髪といったものを発見した瞬間、私達は人生で初めて「あ」と思うことになる。

しかし老化というものは、身体の外側においてのみ起こるものではありません。老化は確実に身体の内部でも起こっているのであり、身体内部での老化のことは、しばしば「病気」と呼ばれたりする。

私が初めて身体内部の老化に気付いたのは、確か三十代の半ば頃。寿司を食べた夜に、生まれて初めての胃もたれというものを経験した時です。

私はそれまで、胃や腸などの消化器系は、頑強と言っていいほどの丈夫さを誇っていました。胃薬のコマーシャルで、

「胃もたれにはコレ！」

といった宣伝文句を聞いても、胃もたれというのがどのような症状か皆目見当がつかず、「痛いわけでもないのにどうして薬が必要なのだろう？」と思っていたのです。その日も私は、調子良く寿司を嚥下《えんか》し続けていました。「和食はいくら食べても太らないから、いいわぁ」くらいの感覚で。

しかし家に帰ってみると、どうも腹部に不快感があるのです。痛いわけではないし、お腹を下すわけでもないのに、どうも、お腹の中央部にスッキリとしない感覚がある。何だろう、この初めての感覚は……。

とモヤモヤしていた次の瞬間、ハタと思い至ったのです。「もももしや、これが胃もたれというやつなのでは？」と。

時間が経ってもその感覚はなくならず、胃もたれというものがかなり不快だということは、よくわかりました。そりゃあ、薬を飲みたくもなりましょうや。とはいえそれまで鉄の胃を誇っていた私の家には、胃薬などというものはない。不快な気持ちを抱えたまま、朝を迎えたのです。

翌日、

「というわけでさぁ、どうやら私、人生初の胃もたれをしちゃったみたいなのよ。お寿司なんてすごく消化が良さそうなのに、不思議だわ」

と友人にその経緯を話してみると、元々が胃弱の友人は言いました。

「お寿司って、別に消化が良い食べ物じゃないのよ。だって火を通してないってことは、それだけ自分の胃で消化しなくちゃならないってことでしょう」

と。

なるほどそうなのか、と膝を打ったものの、「和食で人生初の胃もたれ」という事態に、私はかなりのショックを受けたのでした。シワやシミができるのは、まぁしょうがない。しかし内臓が老化するなどということは、それまで考えたことがなかったのです。紫外線に当たるわけでもない内臓は、いつまでもツヤツヤのピンク色のままでいるような気がしていた。

私は薬局に行って、人生初の胃腸薬を購入しました。「やっぱり漢方？　食べる前に飲む、とかいうやつがいいのかなぁ」などと悩みつつ薬を選んでレジに持っていく瞬間、私はちょっと、恥ずかしかった。

それまでの人生においても、「薬局のレジにコレを持っていくのは恥ずかしい」という経験は、その年代毎にあったものです。が、「胃薬とか持っていったら、『お客さん、胃もたれですか？　ああ、もうそういうお歳なんですね』とか思われるのでは？」という恥ずかしさは、人生初のもの。購入した胃薬を服用しながら、「私も歳をとったものじゃ……」と、しみじみ思った。

見回してみると、同世代の友人達にも胃弱傾向が出てきたような気は、していたのです。ふとした瞬間に、友人の口から漂う口臭。その時に「お昼前だから、この人きっと空腹なのね。ということは私もそうなっているのかもしれず、気を付けなくては」と思う感覚は、若い頃にはなかったもの。

胃ばかりではありません。同世代の口臭が気になってくるお年頃というのは、身体の内側が、病気とまではいかないものの、何となく不調になってくるという時期なのです。

「子宮筋腫があるらしいのよ。でもまぁ、手術をするほどでもないらしいけれど」

みたいな人は珍しくないし、

「実は痔っぽい」

とか、

「この前、久しぶりにセックスというものをしたら、乳首がすごくヒリヒリした。私はもうセックスができない身体になってしまったのであろうか？」

などと、様々な悩みが出てくるように。

女友達とその手の悩みを語り合っていると、「私だけではないのだ」と安心できる

のですが、その時に出た結論は、

「弱ってきているのは、お肌だけではない！　今や私達は、粘膜が老化し始めているのだ！」

　ということなのでした。

「わかるわかる、確かに、身体中のあらゆる粘膜がすっごく弱くなってきているわ！」

「原因不明なんだけど、口角が妙にかゆくなったりとか」

「シモでそういうこともある」

「だからさ、もうお風呂に入っても、粘膜部分を石鹼つけてゴシゴシ洗ったりしたら駄目なのよ！　粘膜は壊れ物なのだからして、丁寧に扱わなくては」

　と、粘膜の話題で盛り上がったわけです。

　考えてみれば、粘膜も肌の一部。紫外線は浴びなくとも、胃壁であれば油分や刺激物が毎日のように投入され、シモであれば排泄物《はいせつぶつ》だのトイレットペーパーだのにその身をさらし続けている。肌にシミやシワができるのであれば、粘膜にもそれに相当するようなダメージが発生して当然なのです。きっとこれからの美容外科とかエステティック業界は、粘膜美白とか、粘膜のハリやツヤを出すといった技術にも手を広げるようになるのでは、と思うのですが。

身体の内部である粘膜が弱くなってくるのと同じ時期、同じように弱くなってくるのが、心の内部、つまりは精神です。ストレスが高じて病気になるとか、鬱《うつ》になって会社を長期にわたって休むとか、精神の調子を崩す人も多いのが、我々のお年頃。そこまで行かなくとも、不定愁訴のような状態で、気分が晴れないということもあるものです。

もう若くはないけれど、仕事や家庭においては忙しい盛りなのであって、ついつい無理をしてしまう、私達。気が付いてみれば、親や子供や部下などから、頼られたり甘えられたりすることはあっても、自分が頼ったり甘えたりすることは、もうあまりできない。生真面目な女性は、そこで頑張りすぎて、つい精神のバランスを崩してしまうのでしょう。

これは、女性ばかりの現象ではないようです。知人男性は四十歳になった時、

「もう人生の後半なのだ、ということにハタと気が付いた瞬間、自分の立ち位置というものが、ものすごく不安になった。今までの人生、これでよかったのか、とか。これから先、どうしたらいいのか、とか。何だか一気に不安が押し寄せてきたんだよね……」

と、言っていました。

スタートラインは、もう見えないくらいはるか遠く。ゴールラインも、まだまだ先で視界には入ってこない。となった時に、まるで大海原の中で一人ぽつんと立ち泳ぎをしているかのような不安が、やってくるのではないでしょうか。

もちろん私も、不定愁訴に見舞われることはしばしば。「このまま精神が〝あっち側〟へとひきずり込まれてしまったら」と思うと、とっても恐いのですが、何とか「落ちそうになったら、頑張って戻す」という作業を続けています。

そして思うことは、「今はきっと、心身ともに、〝あっち側〟に行きそうなのを何とか押し止めている状態なのではないか」ということなのでした。

身体に関して言えば、ずっと膝が痛いとか、血圧の薬を常に飲んでいなくてはならないとか、そういった状態ではない。どこかが痛くなったり悪くなったりしても、時間が経ったりしかるべき処置をしたりすれば元に戻るという状態では、あるのです。

しかしこれから先はどんどん、時間が経っても治らない痛みが出てきたり、薬を飲んでも改善されない症状が出てくることが、容易に予想される。どこかが痛くなると、「ひょっとしてこれは、一生の友となる痛みなのか、それとも一時的なものなのか」と、ドキドキするのです。

たとえば眼などは、その典型的なものでしょう。三十代くらいまでは、疲れ目で物が見えづらい状態になることはあっても、ブルーベリーのサプリメントを飲んだり、目を休めたりすれば、元に戻りました。しかし最近、突然目の前、それも目から近い所に何かを突き付けられたりすると、その文字が読みにくかったりするのです。本や新聞などを、昔よりも腕を伸ばして読むようにもなってきました。

これはつまり、老眼症状の始まりであるわけです。今まで、「老眼なんかじゃありません」とばかりに、ブルーベリーのサプリメントを飲みつつだましだまし目を使ってきたけれど、「もうこれからは、元に戻りませんよー」という時期が、やってきているのです。

老眼はこれからどんどん進み、やがては老眼鏡を作るようになるのでしょう。そして私は、「老眼鏡を作る」という〝あっち側〟に自分がいつ行くのか、おそるおそる待っている状態。

ま、老眼などは確実に〝あっち側〟に行くことがわかっている症状ですが、肉体にせよ精神にせよ、必ず〝あっち側〟に行くわけではないという部位がほとんどではあるのです。が、だからこそ今の時期、私達は心身ともに不安定なのだと言うこともできる。歳とともに風邪が治りにくくなったりもしますが、それだけで「この状態が一生続いたりして？」と思ってしまう。

これから先、私達は様々な〝あっち側〟の風景を見ることになるのでしょう。「まさか自分が、膝が痛くて和式便器が使えなくなるとは」とか、「まさか自分が入れ歯になるとは」など、予想外の事態に見舞われるに違いない。

何かと不安定な今は、「いっそ、〝あっち側〟に行ってしまった方が気分的にはラクなのではあるまいか」とも思うのです。が、持病を持ったら持ったで、次の不安が出てくることは、予想に難くない。

そうなった時に出現する最終的な〝あっち側〟とは、すなわち死。そう考えると、最後の〝あっち側〟に行くまでは、もうラクなどしてはいられないわけで、アリコのコマーシャルがあれだけ大量に投下される理由も、よーくわかるのでした。

IT

文筆業をしていると、なぜか割と頻繁に「原稿はどうやって書いているのですか？」という質問を受けます。

物書きというと、空港のエグゼクティブラウンジでコーヒーを飲みながらパソコンで原稿を書くような近代的なイメージが浮かぶのか。それとも、文机《ふづくえ》の前に正座し、呻吟《しんぎん》しながら一行書いては原稿用紙をくちゃくちゃっと丸めて捨てるような、クラシックな文士イメージなのか。

私の執筆スタイルは、そのどちらでもありません。

「えーと、ワープロで書いているんです」

と答えると、質問者の目は一瞬、点になる。そして、

「ワープロ……って言いますと、あのワープロで？　パソコンのワープロソフトとかではなく？」

とさらに質問されるので、

「ええ、ワープロ専用機というやつを使っているわけです」

と答えれば、

「ワープロってまだ売ってるんですか？」

「壊れたらどうするんですか？」

「パソコンは使えないんですか？」

など、様々な質問が投げ掛けられることになる。

確実に十年以上は経っているけれど、いつ買ったのかも忘れてしまった、私の愛機であるＮＥＣ文豪ミニ５ＳＸ。当然もう、販売はされていません。何年か前に修理に出した時は、「次は無いものと思え」的な手紙が添えられて、返却されたものでしたっけ。目の弱い私にも優しいモノクロ画面、指にしっくりくるキータッチ。乗り慣れた愛馬のようなこの機械が死亡してしまうことを、私は何よりも恐れています。既に、電源を入れる度に初期設定をしなおさなければならないという『博士の愛した数式』状態なのですが、少しでも長く使いたいと、必死の延命工作を行なっているのです。

古いワープロを使い続ける、という自らの行為に、私は自分の年齢を感じております。今の若い文筆業者で、パソコンで書かない人など、ほぼいないことでしょう。もちろん私の年代でも、さっさとパソコンに移行している人が、ほとんどかと思う。
それは、ワープロに限ったことではありません。つい最近まで私はＤＶＤを観ることができなかったし、テレビは厚型。洗濯機がドラム式であるはずもなければ、冷蔵庫も電子ジャーも旧式ということで、技術の進化からとり残された、家電のガラパゴスのような家なのです。

なぜ買い替えないのかというと、「壊れないから」なのでした。新規開拓傾向を全く持っていない性格の私は、別に〝ＭＯＴＴＡＩＮＡＩ〟などという高邁《こうまい》な思想を掲げているわけでもないのだけれど、まだ使えるから、何となく使い続けている。「ちょっと不便かもなぁ」と思っても、何とか頑張って使ってしまうのです。

しかし今、

「ワープロ使ってるんです」

などと言うと、若い人から妙な顔をされることがあるのでした。それはまるで、「この人は気の毒な人なのだから、あまりこのネタについて突っ込んで聞いてはいけない」とでもいうかのよう。そんな顔を見て私は、「別に私、『トイレが汲《く》み取り式なんです』とか『ふんどし締めてるんです』とか言ったわけじゃないのに〜」と思う。

今の若者からしたら、ワープロなどという機械を使用している人が実在するということに、度胆を抜かれるのでしょう。私が若い頃、祖母に「空襲に遇って防空壕に埋まったことがある」と聞いて、「こんな身近に、そんな歴史の教科書っぽい体験をした人がいるなんて！」と度胆を抜かれたように。

私が新しい電化製品を買わない理由は、「壊れないから」ということの他にもう一つ、「わからないから」ということもあります。飛躍的に技術が進歩して便利になったとしても、わからないので興味も湧かないのです。

私の中には、電器関連＝男の領域、という意識があるのでした。家電を買う時は、家族の中の男性メンバー任せ。配線は、出入りの電器屋さんにやってもらう。「女は、電器のことは考えなくていい」くらいの意識を持つ最後の世代が、私達なのだといえましょう。

今の世の中を見ていると、女子もそれではやっていけなくなっているようです。それというのも、やはりパソコンや携帯といった機器の普及によるところが大きいのではないか。

私が新入社員として会社に入ったのは、ものすごくプリミティブなパソコンが部署に一台あるかないか、そして携帯電話は弁当箱大、という時代でした。それらは機械好きの男子もしくはお金持ちの男子が趣味的にいじるもので、普通の人が普通に仕事で使うものではなかったのです。

それから、IT機器はどんどん普及していきました。前述の通り、新規開拓傾向の無い私としては、その手の機器の導入が人並み外れて遅かったことは、言うまでもありません。パソコンは人にもらうまで所持せず（一応、持ってはいるのです）、そして携帯は「え、携帯持ってないの？」と他人から迷惑そうな顔をされることが増え、さすがに「これ以上携帯とかを持っていないと変人になってしまう」という危機感が募った時点でやっと、購入。ま、今となってはそれらの機器をすっかり便利に使用していますが。

IT機器がやっかいなのは、ただ買えばよいというものではない、というところでしょう。携帯電話くらいはまだ何とか自分で理解することができたのですが、パソコンとなると完全にお手上げです。配線ができないのはもちろんのこと、「プロバイダー」とか「インストール」とか言われると、ほとんど瞳孔が開いてしまう。目に見えるもの第一主義の私は、ウェブの世界を概念で理解することができない。「えーっとそのプロバイダーっていうのはどこにあるのかしら」などと、根本的に間違った考え方をしてしまうのでした。

当然、パソコンを使えるようにするには他人の力を借りるしかありません。心優しい友人知人に頼るか、その手の相手に恵まれない場合は、お金の力に頼るしかないのです。

ところが少し下の世代を見ていると、

「配線？　一応は何でも自分でできますけどね……」

みたいな女性も、けっこういるのでした。

「ええっ、格好いい！　でもそうなると、『パソコンのことがわからないからちょっとウチに来てもらえないかしら？』とか言って男性を自宅へ呼び込む、みたいな技は使えないわけね」

と言えば、

「まぁそうですけど、他の手段はいくらでもありますしね」

と、クールに哀れみの視線が投げかけられる。

配線ができる女達の世代は、学生時代からパソコンを使用しています。電器関連＝男の領域、などと思っていたのでは、もう仕事や生活に支障をきたすようになっているのでしょう。

彼女達はまた、携帯世代でもあります。携帯電話という電器製品は、「壊れたら買い替える」というものではありません。新しいモデルが出たら買い替える、とか。今のに飽きたから買い替える、とか。他の電器製品とは違った観点から、どんどん買い替えていく道具なのです。

若い頃から携帯を使用していた世代は、携帯感覚で他の電器製品のことも見ているものと思われます。

「だって今、家電リサイクル法もあるし、別に壊れるまで使わなくたってちゃんとリサイクルされるから無駄じゃないっすよ」

みたいな感じで、私のように延々と同じものを使い続けたりしないらしい。

そして私は、自分がIT格差社会の「下」の方にいる人間であることを、しみじみ自覚するのでした。会社員の友人は、

「やっぱりIT知識は若い子の方が圧倒的に詳しいから、パソコンでわからないことは下手《したて》に出て教えてもらったりするのよ。仕事は何にもできない若い子から、『そんなことも知らないんですか』みたいな言い方されるとすごくむかつくけど、しょうがないから我慢して教えてもらう!」

と言っていたものです。が、私の場合は会社員でもないので、身近にそんな若手もおらず、ますますとり残されるばかり。デジカメの取り扱い方とかiPodの使い方とか、もう「今さら人に聞けない」ということだらけで、源氏物語における末摘花《すえつむはな》

（ドブスで性格も変、さらには新規開拓傾向も全く無いので誰とも交際せずにいた結果、古びたものばかりに囲まれて生活し続ける女性）みたいな感じなのです。

私の母親は、ある時言っていました。

「ITとか何とかって、もうぜんぜんついていけないけど、でもまぁ私の年齢なら、このまま新しいことについていかずにいても、何とか逃げ切れるかなって感じよね」と。確かに母親世代であれば、今さらネットサーフィンをしなくても、今までやってきた通りに生活しつつ人生を終えることも可能でしょう。

しかし私の世代は、逃げ切るにはまだ余生が長いのです。

「ええ、山で畑を耕して自給自足の生活をしてるんです。お金？　ひと月に三万円もあれば十分ですよ。時計も持っていません」

みたいな隠遁《いんとん》生活をするのであれば、ITの世界に完全に背を向けることも可能でしょうが、並の生活をするのであれば最低限のIT機器やIT知識は不可欠。

光源氏は、末摘花のあまりにも悲惨な生活を見て哀れみを覚え、今風の衣服を贈ってあげたりしたのでした。同じように、私も周囲の人々が「かわいそうに」と助けて下さることによって、何とかギリギリのIT生活を送っているのです。

ふと気が付けば、かつて「何とか逃げ切れるかなって感じよね」と言っていた母親が、親切な嫁などのサポートによって、パソコンや携帯を使いこなすようになってい るではありませんか。私が必死に年賀状の宛名を手書きしている時に、

「宛名のプリントアウト、もう終わったわ」

などと言っていて、私は「抜かれた」と思ったりする。

私も、本当は原稿くらいはパソコンで書けるようになりたいものだ、とは思ってい るのです。周囲の人々も、

「いい加減、パソコンで書いたら～？」

と、盛んに言う。

しかし、ワープロの電源を入れてしまうと、「ああ、慣れ親しんだものって何て快適なのでしょう」と、すっかりパソコンのことを忘れてしまうのです。ある日突然ワープロが壊れたら、「さっさとパソコンで書いておけばよかった」と激しく後悔するに決まっているのに、「でもまだ壊れていないし」と、考えないようにしてしまう。

末摘花は結局、源氏の援助によって、どうにか不自由しないようには生きていくのでした。が、平成の世に、末摘花のような向上心の無い人に対して、源氏並みに情けをかけ続けてくれるような忍耐力のある人はそういないことでしょう。パソコンに移行する決心をしなくてはならない日は、そろそろ近付いてきているようです。

たるみ

その昔、浅香光代さんと野村沙知代さんが何かの理由でバトルを繰り広げているという話題を、ワイドショーで眺めていた時のこと。浅香光代さんの顔を見ながら、私はあることについて、疑問に思っておりました。すなわち、「この方は肌も真っ白だし、シワも無い。だというのに、ちゃんと歳相応に見えるのは、いったいどうしてなのだろうか」と。

その疑問を美容通の女友達に漏らしてみると、彼女は言ったのです。

「だから、それがたるみってやつよ。シワやシミがなくてもたるんでいれば、人は十分に老けて見えるってこと」

と。

当時の私は、まだ「たるみ」という現象を、実感として理解していないお年頃でした。シワやシミは、自分の顔においてもはっきりと目に見えてくるので、「あ」と思いやすいし、対策もできる。対してたるみというのは、少ーしずつじわじわと忍び寄ってくるもの。自分の身にたるみという現象があるかどうかも、よくわかっていなかったのです。

友人に対して、私はさらに疑問をぶつけました。

「野村沙知代さんの場合はさ、明らかにたるんでるっていうのがわかるのよ。昔の写真を見るとすごく可愛かったのに今は……って、たるみの恐ろしさがよくわかる。けど浅香光代さんの場合は、野村さんみたいに明らかに可視化されたたるみっていうのも、あんまり無いように思うんだけど」

と。すると友達は「甘い」とでも言うかのように、

「野村サッチーみたいに、明らかに顔全体が垂れさがらなくても、人の顔っていうのは引力の影響を絶対に受けているものなの。頬肉の位置とかまぶたの位置が若い人とはごくわずかに違うってことを、人間の目は見抜いて、年齢を感じるのよ」

と言う。

その会話があってから、私はたるみの問題を、自分のこととして考えるようになってきたのでした。そうして街を歩く人を見てみると、「この人は服装も髪型もスタイルも若い人と変わらないのに、若くは見えない」という人の老けポイントは、多くの

場合がたるみだ、ということがわかってきたのです。

たるみというと顔面のそれがイメージされることが多いわけですが、しかし顔面以外の肌も、当然ながら引力から自由になることはできません。たとえば、夏。私は、女性の後ろ姿を見れば、その人がどんな格好をしていようとも、だいたいの年齢が予想できるようになりました。してその見分けるポイントはといえば、肘《ひじ》なのです。

今時の四十代というと、若者のように脚や腕を露出して夏を過ごす人も、多いものです。顔だって、エステやプチ整形で、とっても若い。

が、後ろから見た時の肘だけは、年齢を偽らないのでした。二の腕の肉がハリを失った結果、下に垂れてくる。それが肘上の部分に溜まってシワができていると、すなわちそれはニセ若者の証拠。さらには、永年にわたって頬杖をついてきたことによる摩擦が、肘部分の皮膚をザラザラにしたり、色素沈着させたりしているのです。

腕をのばした状態での肘を自分では見ることができない故に、人は無防備に肘をさらします。が、ごく狭い面積である肘が、完璧にコーディネートされた若いスタイルの中で、「なにかが、おかしい」ということを感じさせる暗雲となるのでした。

肘だけではありません。私はある時、お洒落な四十代向けのファッション雑誌に載っていた、黒木瞳さんのグラビアを眺めておりました。いつまでも美しい黒木さんには、当然ながらシミもシワも、そして顔のたるみもあるわけが無い。

しかし私は、グラビア写真をぱっと見た時に一瞬、「あら？」と思ったのです。どこだかはすぐにわからないけれど、どこかに確実に、例の「暗雲」がある。それは果たしてどこなのだ……と探してみたら、わかりました。それは、膝だったのです。

その時の黒木さんは、ふわっとした短いスカートをお召しでした。膝上丈なのだけれど、スタイルが良くて脚もきれいな黒木さんは、完璧に着こなしています。が、膝のお皿の上部にあったのは、一筋のシワでした。それは、膝上の脂肪が引力のせいで垂れてきたから生じたもの。つまり、肘のシワと同じ理屈によってできる、関節部特有のシワなのです。

黒木さんの膝上の一筋の横ジワを見て私が感じたのは、ちょっとした喜びと安堵感《あんどかん》でした。黒木さんのような方でも、膝上にはわずかながらも脂肪がついていて、時間が経てばその脂肪は垂れてくる。その事実がわかったことによって、私は黒木さんのことが少し好きになりました。

このように肉体のたるみは、顔面のたるみと同じように、人の年齢を如実に表します。美白ブームの後、たとえば田中宥久子《ゆくこ》さんの造顔マッサージなど、たるみの除去が流行っていましたが、造顔マッサージブームの後に田中さんが出されたのは、『田中宥久子の体整形マッサージ』という本。さすが、身体の少しのたるみも、全体の印象の中では「暗雲」となるということを、よくご存じでいらしたのだと思います。

改めて自分の身体を点検してみると、確かに身体中、ありとあらゆる部分がたるんでくるものです。背中や尻も下に落ちてきますし、少しアゴを引けば、アゴの向こう側にあれっ、もう一つアゴがあるよ……みたいな状況にもなりがち。引力の存在は、落ちてくるリンゴなど見なくとも、自分の肉体を見ているだけでよーくわかります。

中でも最も引力の影響を如実に受けやすいのが、おっぱいでしょう。巨乳の友人は、

「今やおっぱいでたすき掛けができる！」

「寝ると、だらーんと横に流れてくる！」

と言っています。垂れるほどの乳がなかったとしても、それでも乳は律儀に小規模に垂れてくるのです。

東北の温泉地などに行くと（別に東北でなくても同じではあるが）、おばあさん達の乳は皆、だらーんとしています。図で表すなら「▽」が二つ並ぶ感じ。

おばあさんの乳が垂れているのは当たり前のことであり、乳首もほとんど脱色されて赤ん坊のようなピンクだったりもするので、むしろそこには恬淡《てんたん》とした味わいもあ

るのです。が、我々世代の乳の垂れというのは、まだその域には達していないので、妙に生々しく崩れているのです。

熟女モノのＡＶにおいても、熟女達の乳は見事に垂れています。巨乳が垂れると、乳が「大きい」というより、「長い」という印象になることが、よくわかるもの。ブラジャーをしていると大きく丸いおっぱいが、ブラジャーを外した途端に下に長くこぼれ伸びる様子は、衝撃的でもある。

が、熟女モノが好きな殿方というのは、このクタクタに垂れて柔らかそうな乳が、良いのでしょう。乳が下に引っ張られると同時に胸筋は衰えてくるため、胸の肉付きは貧弱で、垂れた乳で引っ張られた胸の皮膚は薄くなって血管が透けていたりするのだけれど、ほとんど腹に近い部分には、二つの肉塊が揺れている。昔は正面から見た時に乳房の中央部に位置していたであろう乳首も、今は完全に下を向いている。……といった〝生々しい崩れ〟に、彼等はグッとくるのではないか。

ですから熟女ＡＶ女優は、乳にシリコンを入れてはならないのです。垂れたら垂れたままを見せることによって他人様に喜ばれるという、ある意味でそれは良い仕事と言うことができるのかもしれません。

微乳の私としては、乳の垂れという現象を、巨乳の人のようにダイナミックに感じるわけではありません。が、やはり微乳は微乳なりにたそがれてくるもので、スポーツジムにおいては、にわかに胸筋を鍛える気運がたかまっている私。もちろん、肘上や膝上のシワ予防のため、二の腕そして大腿筋《だいたいきん》のトレーニングもやらなくては、とも思っている（やっていないが）。

しかし世の中というのは、どうやら私が思っているよりも、うんと進んでいるようなのです。とある高級美容整形クリニックの広告を見ていたら、なんとそこには「手の甲の血管を除去します」という一文が。つまり、歳をとると手の甲にボコボコと浮いてくる青い血管を目立たなくしますよ、ということなのです。

確かに、歳をとると手の甲の血管が、やけに太く青々と目立ってくるものです。おそらくは手の甲の脂肪や筋肉が垂れて失われることによって目立ってくるのであろう、血管。それを手術によってクリアするという発想があったとは……と、私は人間の執念というものに驚愕《きょうがく》したのです。

血管を取ってしまうのか、それとも埋没させるのか、はたまた太股《ふともも》辺りから抜いた脂肪を手の甲に注入するのか。私には想像もつかないその手術ですが、顔も身体も修理をし尽くした人にとっては、手の甲の血管ですら、「暗雲」となるのです。

肘や膝のたるみに気付いていい気になっていた私ですが、世の中にはもっと細かい部分を見ている人達が、いるのでした。人は、他人の一ミリのたるみも見逃さず、「あの人、老けた」と思う。

ヨーロッパのご婦人などは、リゾート地において堂々と露出度の高いウェアを着て、たるみをたるみのまま晒《さら》しています。顔も身体も、全ての肉が下にひっぱられ、身体中に「▽」マークがある、という感じ。しかしご婦人達は「まぁ、歳をとるってこういうことですよね」とでもいうかのように、堂々としている。

対して幼形愛好が盛ん、かつ細部にこだわる我が国においては、肘や膝、そして手の甲ですら、たるみについては「あ」と思われてしまうのです。

たるまぬようにするには、どうすればいいのか。「ゴダイゴ」（皆さんなら当然ご存じですよね）の中で唯一老けていないように見えるミッキー吉野さんのように、「常にパンパンに太っておく」というのは、たるまないための一つの大胆な戦略ではあります。が、それほどの勇気を持てない私としては、「なるべく脂肪をつけないようにする」という方向に行くしかない。が、あまり痩せてしまうと、今度は脂肪ではなく皮膚がたるんで、卒都婆小町《そとばこまち》化してしまうし……。

隙を見ては垂れようとする自らの肉を見ていると、自分は一つの肉塊でしかないということが、よくわかってきます。肘や膝の上にたまる肉が、ちょっといとおしくすらなってきた昨今。少しずつしか進行しないのを良いことに、「たるみに気付かないフリをする」ことによって、やり過ごそうかと思っているのでした。

冠婚葬祭

参議院議員の丸川珠代さんが、二〇〇八年の年頭、国会に振り袖姿で出席されているのを見て、度胆を抜かれた記憶があります。何でも「和装振興議員連盟」というものがあるらしく、そこに所属している議員達が着物姿で出席されたそうなのですが、私が度胆を抜かれたのは着物姿そのものではなく、それが振り袖だったということについてなのでした。野田聖子さんは上品な色留袖、あの姫井由美子さんですらそうだったにもかかわらず、です。丸川さんの振り袖映像をニュースで見た時、

「こっ……これは、何かの冗談でやっていることなのだろうか？　それとも大マジ？」

と思った方は、私だけではありますまい。

振り袖といえば、成人式で着るのが定番。二十代前半のお嬢さんだと、お友達の結婚披露宴に着ていく姿もよく見られ、華やかで可愛らしいものです。

がしかし、振り袖というのはどう頑張っても二十代までのもの、という意識が私にはあるのです。そしてその時の丸川さんは、三十六歳でいらした。だからといって法律に触れているわけではありませんが、大人が振り袖を着るとなると、大昔の夫婦《めおと》漫才の人の姿、つまり明らかに「バカやってます」という人の姿しか思い浮かばない私としては、彼女の振り袖姿に頭の中で「？」が大きくなっていったのです。

国会議員の中では最もひよっこの部類であるから、振り袖が許されるのか。それとも、この晩婚化の時代であるからこそ、独身（当時）であれば三十六歳程度なら振り袖はＯＫだと思っているのか。あの時の振り袖の謎は、私の中ではまだ解消されていないものの、しかし「歳をとったら、ドレスコードというものには気を付けなくてはいかんのぅ」とは、しみじみ思う映像だったのです。

今、たまに結婚式に招かれたり、ちょっとしたパーティーに招かれたりした時に思うのは、「滅多にない機会だし、楽しみではある……が、何を着ればいいというのだ？」ということなのでした。

うんと若い頃には、まさに振り袖という手がありました。成人式の時に作った振り袖であれば、何度同じものを着ようと、おかしくはなかったものです。が、二度目の成人式を迎える歳になると、その手は国会議員にでもならない限り、通常は使えません。

もちろん、年齢相応の着物を着るという手はあるのです。が、歳をとってから冠婚葬祭時に着る着物というのは、かなりその質を問われます。若ければ、どんなペラッペラの着物であっても、はたまたどんなに趣味の悪い着物であっても、若さに免じて許されました。が、四十にもなって結婚式の場に出るとなると、上質で趣味の良い着物でないと、旅館のベテラン仲居のように見えてしまう。かといって、とても上質な着物を粋《いき》に着すぎると、「銀座関係のお方ですか？」という非素人《しろうと》的なムードに。

では洋服にしようかと思うと、これがまた難しいのです。若いお嬢さん達は、「これからみんなでキャバクラに出勤です」的な雰囲気が醸し出されるドレスにストールを巻き、美容院でセットしてもらったもしゃもしゃの髪型というのが定番の披露宴スタイルのようですが、それもやはり二十代までのもの。

私の場合、三十代の頃は黒いドレスをよく着たものです。黒いドレスは何といっても無難ですし、汎用性もある。何回か同じものを着てもバレにくい、という利点もありました。「いつも黒では芸が無い。新婦の友人は華やかにしていかなければ」と雑誌には書いてありましたが、披露宴の多い三十代では、「これさえ着ておけばまぁ大丈夫」という黒ドレスが活躍しました。

しかし四十代ともなると、黒いドレスが喪服に見えてしまうのです。何人か黒を着た人が集まろうものなら、おめでたい席だというのに、黒い集団からしめやかな雰囲気が流れてくるではありませんか。

今時の四十代というのは、この晩婚化の世においては、まだ「同級生の披露宴」というものに出席する機会があるのでした。その場合、新婦の友人達が黒ずくめ集団でどんよりしていては、洒落になりません。ただでさえ若くない花嫁の印象を、「やっぱり若くないのだ」と駄目押しすることになってしまいます。

そんなわけで、フォーマルウェアが必要になるたびに右往左往している私ですが、しかし四十代ならではのフォーマルの楽しみ方もあるということに、気付く機会がありました。

それは私の友人が、四十歳を迎えた時のこと。

「せっかくの二度目の成人式だから、何かパーッとやろうと思って。皆でちゃんとしたフォーマルを着て、パーティーをしましょう！」

ということになったのです。

会場は、都心のホテルのレストランの中にある、キッチン付きの個室。目の前でシェフが料理してくれるのを眺めつつ、「男子はブラックタイ、女子はロングドレス」

というドレスコードのもと、パーティーを開催したのでした(……ってところがいかにもバブル世代っぽいのですがーっ)。

主役が四十歳ですから、来客もほぼ同年代です。普段はロングドレスなど着る機会はほとんど無いわけで、

「どうしよう!」

と皆は当初言っていましたが、当日会場に着いてみると、友人知人はお世辞抜きで、とても美しかったのです。

当然、デコルテ部は皆が露出していますが、二十代の娘さんのようにストールなど必要としないだけの貫禄が、既に身についています。二の腕には多少たるみがあったりもしますが、そのたるみも堂々と露出してしまえば、かえってゴージャス感を演出するポイントになる。お尻だって小さくはないけれど、ロングドレスに包まれると、貧弱な尻よりも、多少ボリュームのあるお尻の方が貧乏臭くないのです。

私はといえば、直前に行った上海でオーダーして作ったチャイナドレスを着用し、もっぱら脚を露出していたわけですが、しかし皆の姿を見て思ったのは、「デコルテを出したロングドレスというのは、大人のためのものなのかもしれないなぁ」ということなのでした。もちろん若い女性のロングドレスも可愛らしいのですが、人生の年

輪を積んできた女性のドレス姿からは、娘っ子には無いラグジュアリー感が漂います。ヨーロッパの王室を見ていると、女性王族がやはりデコルテ露出のロングドレスを着ていて、素敵だなぁと思うことがあります。対して我が国の皇室の女性皇族は、決して肌を露出せず、ロングドレスであっても上半身も厚ぼったい。雅子さまあたりは、ちゃんとデコルテを露出したドレスなどもとてもお似合いになるのではないかと思うのですが。

だとすると、四十代の花嫁は何を着るべきか、ということについても考えなくてはなりません。三十代での結婚も晩婚扱いだった時代は、三十半ばにもなると大年増で、

「今さらウェディングドレスなんて恥ずかしくて着られないわ……」

と、適当な衣装で済ませるような人もいたものです。

が、今となっては三十歳くらいの結婚はむしろ早婚の部類。当然、四十前後であっても「今さらウェディングドレスなんて」などと遠慮する理由は、見当たりません。

以前、四十歳の大台に乗る直前に結婚する友達の付き添いで桂由美ブライダルハウスに行ったところ、たまたま桂先生がいらしたことがありました。お話をうかがってみると、やはり最近は高齢花嫁が増えたため、それなりのデザインのドレスも、多数用意しているとのこと。

確かに、裾がぶわっと広がったプリンセスラインのドレスというのは、四十代にはちとキツいものがあります。そう思ってドレスを色々と拝見していると、デザインがシンプルであまり派手すぎない大人向きのドレスがたくさんあって、晩婚化の時代をしみじみと実感したものでした。

その時に学んだのは、「高齢花嫁だからといって、露出を控えたりしない方がよいのだ」ということです。それなりの年齢の花嫁だと、やはり「二の腕は隠したい」とか「背中を見せるのは嫌だ」といった要望が多いらしいのですが、

「でも、思いきって見せてしまった方が、かえっていいんですよ」

と、桂先生はおっしゃった。

私の友人も、色々と気にしてはいたものの、結局は二の腕もデコルテも露出するデザインのドレスを選んだのです。すると、腕も背中も、ドレスのボリュームとマッチして、大人の上品さが出てとても美しいではありませんか。腕が棒のように細かったら、かえって貧弱であったことでしょう。

してみると大人というのは、日常的なファッションの部分では色々と似合わないものも出てくるのですが、反対にパーティーなど特別な場になると、しっくりくるものが増えてくるような気がするのです。

葬式についても、同じことが言えましょう。友人知人の親御さんが亡くなるという知らせが増えるお年頃の今、

「最近は顔を合わせるといったらお葬式の時ばっかりねぇ」

といった会話も出るわけですが、そんな友達の姿を見ると、喪服がとても似合っているのです。

やはりあの手の服装を着こなすには、どれだけ場数をこなしているかがポイントとなるもの。若い頃は、ツルシの喪服を着て、お香典の渡し方やお焼香の手順もわからずにオドオドしがちでしたが、大人になれば、その辺の動作も堂に入ってくる。

時には着物の喪服姿の人もいたりするのですが、アップにした髪のうなじ辺りから、不謹慎ながら「おっ」と思うような色気を感じたりもします。また、「これくらいは許されるだろう」という判断もついてくるので、ちょっとした喪服の着崩しをする人もいて、それもまた大人の余裕というもの。

大人というのは、つまり何からも解放されたフリースタイルのファッションよりも、ある程度の制約があるファッションの方が似合うものなのです。肉体がゆるーく解放されてきた分を、ファッションの制約がきちんと補って見せてくれるから、とでも言いましょうか。

それは動作についても同じことなのでしょう。肉体が衰えてきたからこそ、美しい動作は必要となってくるし、また引き立ちもする。お数珠《じゅず》の持ち方とかお焼香のやり方という決まりごとは、ほとんど「型」のようになってくると、「きれいだなぁ」と思えるものです。

お通夜の席で、喪服が似合うようになってきた同級生達を見ると、時の流れを感じる私。しかし、お清めの席にもしっくり納まって故人の思い出話などをしている友人達を見ると、どこか頼もしいような気持ちにもなってくるのでした。

余　暇

時折、

「今からこんな生活をしていて、いったい老後になったら何をすればいいのだ、私は」

と思うことがあるのです。

「こんな生活」とはどんな生活かといえば、すなわち老後のような生活。旅行へ行ったり、習いごとをしたり、展覧会へ行ったり、お芝居へ行ったり。……と、この手の余暇の過ごし方というのは、少し前であれば、夫は既にリタイアし、子供を育て上げた六十代以降の方々のスタイルだったはず。しかしその手のことに、今は我々四十代が手を染めているのです。

たとえば、習いごと。私の場合は、お料理とお習字を習っています。スポーツジムにも週に一回は行っていますから、これも習いごとのようなものではある。周囲を見ても、語学教室やらワイン教室やら大人のためのバレエ教室やら、お稽古ごとに通っている人がたくさん。それも、子供の頃と違って親からやらされているわけではないので、子供の頃よりよっぽど熱心に打ち込んでいるのです。

なぜ私はお稽古ごとをやっているか、と自問してみると、特に切羽詰まった理由からではありません。何か資格を取りたいとか、技術を身につけていずれは先生になりたいとか、その手の野望は持っていないのです。

もちろん、料理も習字も運動も、好きだからこそやっているのですが、楽しみにしているのはむしろ、「お教室のあとにみんなでお茶する」とか、「ジムのインストラクターの女の子とぺちゃくちゃおしゃべりする」とか、そんなことでもあったりする。

テーブルコーディネートのお教室を開いている知人は、

「生徒さん達が、うちで学んだことを実生活に生かしているのかと思うと、別にそうでもなかったりするのよ。彼女達って、単に『お稽古に来る』っていうことが好きな人達なのよね」

と、言っていました。が、まさにその通りなのだと思う。私も、習った料理を家で作るかといえばほとんど作らないし、書道などは十年以上続けているのに、いまだに結婚式で名前を書く時にはオドオドして、「本当に十年習ってるのか」というような字しか書けないのですから。

病気を治すことよりも、色々な病院を巡ることによって安心感を得るという「ドクター・ショッピング」と言われる人達がいますが、お稽古ごとが好きな人というのも、それと似た症状と言えましょう。すなわち、本当に何かを身につけたいというより、「何かを学んでいる」という実感を得ることが好きなため、次々と色々なお教室に通う。彼女達はまた、お稽古コミュニティーのようなものが好きな人であったりもするのです。

お稽古コミュニティーというのは、実はなかなか難しいもののようです。

「○○さんの派閥が××さんを仲間外れにしようとしている」

だの、

「新入りの△△さんは先生に気に入られているからといって態度が大きい」

などと、生徒さん同士の仲良し勢力図が妙に複雑だったり。先生へのお礼のシステムが、明文化されていないのに確実に守らなければいけないものだったり。はたまた、先生がひいきするとかしないとか、先生を巡る人間関係が大変な場合もある。

しかしお稽古ごとが好きな人というのは、その手の面倒臭い人間関係ごと、お稽古というものが好きらしいのです。狭いコミュニティーの中で仲良しグループを作ったり勢力をのばしたりすることによって、女学生気分を再燃させているのかもしれません。

リタイア世代の人達は、日本人らしい真面目さから、「生涯、学んでいたい」という気持ちを持ち続けている人が多いようです。もちろん私達と同様、ちょっと面倒なお稽古ごとコミュニティーに身を置くのが好きな人もいる。あり余る時間を何とかするためにお稽古ごとに通うという理由も、かなり大きいのでしょう。

対して私達四十代というのは、子育てだの仕事だの、私生活において非常に忙しいにもかかわらず、寸暇を惜しんでお稽古ごとをしているのでした。知り合いのキャリアウーマンは、

「土曜日は、午前はフランス語、午後はパーソナルトレーナーと運動。その合間にネイルサロンに行くから、ウィークデー以上に忙しいのよ」

と言っていましたっけ。

ではなぜ四十代は、非常に忙しいにもかかわらず、お稽古ごとをしようとするのか。……と考えてみますと、「常に向上していなければならない」という強迫観念があるから、のような気がしてなりません。

今の四十代前半は、「雇均法世代」と言われる世代です。

「女の子は、いい所にお嫁に行きたいなら変に学歴なんかつけない方がいいわ」

という思想は過去のものとなった時代に育ち、

「女の子は、いい所にお嫁に行くにせよ、いい会社に勤めるにせよ、とりあえずいい学校を出ていなければ駄目でしょう」

という偏差値世代でもある我々。さらには、

「ていうか、いい所にお嫁に行くには、いい会社に勤めなくてはお話になりませんね」

という世代でもある。

そんな私達が背負っているのは、「常に上を目指さなくてはならない」という命題です。自分がいい学校を出ていい会社に就職し、いい所にお嫁に行って子供をいい学校に入れたからといって、その命題から逃れることができるわけではありません。

その向上心は、外面的な美にももちろん向けられていて、だからこそ私達はシミやシワにいちいち落ち込まなくてはいけないのですが、しかし外面だけ磨いていたのではアホ扱いされてしまうのが、今という時代。女性誌に出てくるような「いい女」達は、

「常に自分の内面磨きを忘れずにいます」

「あらゆる方向に好奇心を張り巡らして、感性を研ぎ澄ましていたいです」

などと言うのであって、決して、

「現状に満足することが、私にとっての幸せです」

などとは言わない。

だからこそ私達は、何かを習わずにいられないのです。お稽古ごとをすることによって、実際に何かのスキルがアップしなくとも、とりあえず「習って」さえいれば、「常に自分を磨いていなければならない」というプレッシャーから、少しは解放されるのですから。

とはいえ雇均法世代の女子は真面目ですから、本当に着々とスキルアップをしている人も、たくさんいます。元々英語は話せる人が、さらに英語力をブラッシュアップするためにビジネス英語を習ったり。茶道などの和風お稽古のキャリアを積み上げて、偉い先生になっていったり。男子達がソファでスポーツニュースを眺めている間に、女子達はせっせと経験や知識を積み上げ、自己を磨いているのでした。

この手の自分磨き欲求は、お稽古ごと以外の面でも、盛んに放出されています。若い頃は見向きもしなかった美術館や博物館に行ってみたり。旅をする時も、ただアクティビティーに参加したりショッピングしたりするだけでは満足できなくなって、

「ケルト文字に興味があるの」

とアイルランドに行ってみたり、

「最近は縄文土器にグッとくるようになった」

と青森の郷土館や資料館を一人で巡ってみたりと、自分の知的好奇心（それも、かなりニッチな）を満たすためのテーマを掲げるようになってくるのです。

しかし雇均法世代でありつつバブル世代でもある、つまり「足る」を知らない我々は、この手の〝自分磨き系〟の余暇活動だけでは、満足できないのでした。自分磨き系と同時に私達がやりがちなのは、運動したり踊ったりという、〝発散系〟の余暇活動です。

忙しい私生活を送るため、心身に澱《おり》とか毒素が溜《たま》りがちな四十代。その手のものを吐き出すために、激しくベリーダンスを踊ったりゴスペルを絶唱したり筋肉を鍛練したりという行為が、我々には必要となってきます。中高年の山歩きや登山がブームになって久しいのですが、その手の行為に初めて手をつけがちなのも、四十代なのです。

登山はまた、〝発散系〟でありつつ、苦しい体験をあえてすることによって自己の内面を見つめるという、〝内面見つめ系〟の行動でもあります。自分磨き系、発散系の余暇活動は三十代の人もやりがちですが、この内面見つめ系活動は、四十代以上のもの。登山のみならず、ガーデニングを通り越して盆栽をたしなむようになったり、地方にたんぼや畑を借りて無農薬農業を試みてみたり。また、写経や座禅といった方向に走って、真剣に自己を見つめ直す人もいるものです。土をこねるところから始まる陶芸も、単なる物作りというより、自分とは何かが見えてくる行為なのではないでしょうか。私も、京都の寺などに行くと、ついやってしまいますよ、写経。

向上、発散、そして省察。……してみると、四十代からの余暇活動は、来たるべき人生後半をどう生きるかということに、密接に関係しているのでした。仕事や子育てに追われる日々であるからこそ、私達は余暇に逃避し、そこで未来のことを見つめたくなる。女性が経済力を持ち、また男性もそこそこ家事協力をしてくれるこの世代であるからこそ、四十代からの逃避行動が許されるようになったのです。

それはつまり、未来のための逃げ道作りでもあるのでしょう。日本人女性の平均寿命は、世界で最長。いずれは九十歳になろうかという勢いです。となると、仕事や子育てからリタイアした後も、延々と三十年も余生が続くということになる。その時、仕事や家庭だけでは、この長い人生をやり過ごすにはどうしたって無理。「いつまでも恋をしていたいです」などと言ったところで、物理的に言って男はどんどん先に死んでいってしまうわけで、恋愛活動で時間を潰すわけにもいかなくなる。だとしたら、時間潰しに最適なのは、「趣味しかない！」ということになるのです。

　四十代のうちから盆栽をし、日本百名山を歩き、美術展を巡る我々は、本当に老人になったら、何をすればいいのでしょう。今からうっすらと不安ですが、三十年や四十年程度継続したからといって簡単には頂点が見えないし、はたまた月謝さえ支払うことができれば定年も無いのが、趣味の世界。

　私も一生かけて、書道や料理の腕を磨き上げる……というか、たとえ先生が皆年下になってしまっても、その道を何となくダラダラと歩き続けていきたいものだと思っています。

親

四十代前半である私の周囲の〝親状況〟をざっと見てみると、両親ともに健在パターンが五割、父親のみ死去が四割、母親のみ死去が一割という感じになっています。

私自身は、父親は既に死去、というパターン。六十代の母親は、

「身体が動くうちにやりたいことをやって、食べられるうちに食べたいものを食べておかなくっちゃぁ」

と、日々元気に遊んでおります。

三十代と四十代の親状況で最も大きく違うのは、このように「親の死」という問題が目立つようになってきたことでしょう。三十代のうちは、誰かの親御さんが亡くなるということは、まだ珍しい「事件」でした。が、四十代になると、

「○○ちゃんのお父さまが亡くなられたんですって」

という知らせが、グッと増えてくる。それまで滅多に会わなかった同級生達と、お

通夜の席でしばしば顔を合わせたりするようになるのです。

子供が三十代のうちは、まだ親も若かったのです。体力もあるから、孫の面倒もすすんで見てくれたりする。三十代の子供も自立していれば六十代の親も自立しているという意味で、親子関係に波乱が起こりにくい安定期なのです。

しかし子供が四十代で親が七十代という時期に入ると、親の健康状態に不安の影が忍び寄ります。亡くなるまでいかなくとも、親の身体のあちこちに不調が出てきて、病院通いが頻繁に。

「孫は可愛いけど、こっちをあてにしてもらっても困る」

という状態にも、なってきます。

このように四十代になると急にクローズアップされてくるのが、親問題なのでした。三十代まではまだ、親の庇護《ひご》を受ける感覚を覚えていた人も、四十代になると親を庇護する立場になったのだ、と感じることになる。

私がそれを最も端的に感じるのは、母親と二人で、実家近くの道を歩く時なのです。子供の頃からずっと、母親は「歩くのが速い人」でした。私は、母親のうしろを小走りで追うようにして、歩いていたものです。「そんなに速く歩かなくてもいいのに」と思いつつも、私はただ母親が歩く通りにくっついていればよかった。

が、大人になったある日ふと気付いたのは、「母親が私の前を歩かないようになっている」ということでした。二人で並んで歩くか、道を曲がる時などは、私が前に出て先導する。親をリードして歩きつつ、「こういう年代になったということなのねぇ」と、私は少し寂しいような、そして「もう親には頼れないのだなぁ」という、不安なような気持ちになったのです。

またある親御さんは、息子の名前を騙《かた》った振り込め詐欺の電話がかかってきた時、
「あの時はとっても久しぶりに、息子のことが心配になったわー。まだ私にも母性が残っていたんだって、何だか新鮮な気分でもあったわね」

とおっしゃっていました。つまりこの年代になってくると親御さんは、子供がまぁ普通に育ってさえいれば、庇護するという気持ちが次第に少なくなり、順調に庇護される側へと移行していくのでしょう。

片方の親が亡くなった後に起こるあれやこれやも、四十代にとっては大きな問題です。特に深刻なのは、父親より先に母親が亡くなったというパターン。

よく、
「夫に先立たれた妻は長生きするが、妻に先立たれた夫は、後を追うように死んでしまう」

と言われます。確かにそのケースは多いのですが、しかしもう一つ思うのは、

「妻に先立たれた夫は、後を追うように死んでしまうか、彼女を作るかのどちらかである」

ということ。

妻に先立たれた夫がすぐ死んでしまうケースが多いのは何故かというと、男性は家事能力がないため日々の生活が健康的でなくなり、また地域に友人知人がいない上に退職してしまったのでやることもなく、寂しさが募って心身ともに弱っていくためかと思います。中には、頑張って料理を作ったり友達を作ったりして、坦々と一人の生活を楽しむ男性もいらっしゃいますが、そうではなく「彼女を作る」ことによって、新たに社会に向かって窓を開くというケースも、とても多い。

特に、経済力を持っている男性未亡人の場合は、彼女を作りやすいようです（ああ、ここにも格差社会が……）。が、ここで問題になってくるのは、新たな彼女と、子供達との関係。

私の友人知人でも、母親が先に亡くなった後に父親にガールフレンド登場、というケースは少なくないのですが、

「父に彼女ができたみたいなんだけど、それがまた、どうやら水商売の女性らしいの

よ。何をトチ狂ったのだか、父が『入籍したい』とか言い始めちゃって、私達は必死に止めてるんだけど聞く耳を持たないの」

とか、

「うちのパパの彼女っていうのがさぁ、私とそう歳の違わない人なのよねぇ。一度会ったんだけど、何をどうやって話していいものやら、こっちも困っちゃうわよ」

と、娘達は弱り顔です。

「この歳になってステップマザーが登場するとは思わなかったわ〜。入籍なんかされちゃったらさぁ、変な話、父と母が築きあげてきた財産をその女性に持っていかれちゃう可能性もあるわけでしょ？」

と、その悩みは現実的。

妻に先立たれて一人残された男性未亡人の気持ちも、わからなくはないのです。老齢にさしかかっていきなり家事をしなくてはならないというのは、男性にとっては大変な負担。生活のためにも、新しい彼女は必要になってくることでしょう。

娘達も、その辺は理解している模様ではあります。

「私達の代わりに父の老後の面倒をみてもらっているのだから、その女性の存在はとっても有り難いのよ。ただし、入籍さえしなければね……」

と、つぶやいている。

その点、夫に先立たれた妻達は、元気です。夫が亡くなった時点ではもちろん悲しさも寂しさも募るのですが、時間が経つにつれ、癒《い》えてくる。自分一人分の家事など、女性にとってはさほど負担になりませんし、夫の面倒はもう見なくていい。私の母親は、同年輩の人と比べると割と若いうちに未亡人になったため、最初のうちは周囲から同情されたのですが、次第に、

「いいわねぇ、一人で」

「理想の生活ね！」

といった声が寄せられるようになったのです。

そういえば父のお通夜の後のお清めの席で、母親の同級生が、

「順子ちゃん、これからはお母さんの背中の羽をちゃんと切っておかなくちゃ駄目よ！」

と言っていたのですが、さすが学生時代からの友人は、父がいなくなったら母親がどれほど思いっきり羽を伸ばすかを、ちゃんと見抜いていたのだと思います。

親が弱る、親が死ぬ。四十代はすなわち、これから親とどう付き合っていくかの、分かれ目なのです。具体的に言えば、親が弱ってきたり一人住まいになったりするこ

とによって、同居をするとかしないといった問題が、発生してくる。

歳をとったら子供と同居というのは、かつては高齢者にとって最も幸福なパターンとされていました。が、今となっては一概にそうとは言えません。

ある独身四十代女性は、

「親も可愛い盛りの年寄になってきたし、こっちも何となく経済的に不安になってきたから親に同居を提案したらさ、『あなたに色々怒られそうだからイヤだ』って断られちゃった〜」

と言っていました。また、お父さんが先に亡くなった別の女性は、

「母と娘なんて、距離が離れているからこそ平和を保っていられるのよ。周囲の人達から、いくら『お母さまと一緒に住んでさしあげないの？』『お母さま、寂しそうよ』とか言われても、意地でも同居しないわ」

と言っていた。

また、子供の頃から自分の母親とイマイチ折り合いが良くなかった友人は、それでも父親亡き後、夫や子供とともに母親と同居していたのですが、

「大人になったからって、駄目なものは駄目だった！　このままでは私がおかしくなってしまう！」

と、四十歳を過ぎてから、母親との別居に踏み切ったのです。

はたまた、四十代の引きこもりの息子が母親に暴力をふるうとか、息子や娘が離婚して子供を連れて戻ってきた結果、家事・育児を親が全て担わなくてはならず、「老後はもっとのんびり過ごすはずだったのに。こんなはずではなかった……」と嘆くとか。四十代の子供と親との関係は、波乱含みのことが多いのでした。

自殺率が高いことで知られる秋田県では、独居老人よりも、家族で住む老人の方が、自殺率が高いのだといいます。家族と同居しているからといって、必ずしも幸福とは限らないのです。

親六十代、子三十代という親子の安定期を過ぎたなら、「親子関係もなんでもアリ」と思った方がいいのでしょう。六十代の時は、若い頃と違って丸くなってきたなぁと思われた親の性質も、七十を過ぎると再び先鋭化（それも悪いところだけ）してきたり、はたまた子供返りしてきたり。それと同時に、四十代の子供の方にも老化の兆候が見えてきたり。そんなことからも、一度別居した親子が再び同居というのは、そう簡単なものではない。

「親と同居しなくては外聞が悪いのではないか」とか「孫の面倒をみてやらなくては娘が可哀相」などと無理をしていたら、先に見えるのは共倒れです。隣人の親子関係がどうであろうと、そして世間から見たら変な関係であろうと、「ま、ウチはウチということで」と、親子それぞれにとってラクな関係を築くことができたら、いいのではないか。

ちなみに我が家の場合、母親の同級生の予想がガッチリ当たって、「お母さん、ちょっと羽を伸ばしすぎなのでは？」と他人に言われるほど、スキーだバイクだ飲み会だ旅行だと、母親は二度目の青春を謳歌《おうか》しています。が、今の私は「どれだけ遊び倒せるか」という実験のような気持ちで、母親を見ているのでした。私がティーンの時代、私が何時に家を出ていこうと何時に帰ってこようと、はたまた外泊しようと何も文句を言わなかった母親への、それがせめてもの恩返しなのではないかと、思いつつ。

恋

韓流ブーム真っ盛りの時の話。同級生の友人が、

「今、韓流に夢中なの！　イ・ビョンホン最高！」

と言っているのを聞いて、軽くショックを受けたことがあります。韓流ドラマに夢中になるのは、自分とは別の世界に住んでいる「おばさん」という生きものだと思っていたのに、自分と同じ歳の友人が、

「韓国語も、習い始めたのよ」

などと言っている。さらには私が韓流のことを「カンリュウ」と言うと、

「『ハンリュウ』よ、『ハンリュウ』！」

と厳しく叱責されたりして、「私ももう、あっち側の人間であったということ？」

という気持ちはさらに深まっていきました。

その同級生は、

「そういえばサカイって、ぺ・ヨンジュンに似てるよね」

と言うのですが、自分がぺ・ヨンジュンに似ているらしいということも、そして自分が「あっち側」の人間らしいということも、私を複雑な気分にさせたのです。

韓流だけではありません。別の同い歳の友達は、ＳＭＡＰのおっかけをしています。

「夫の海外駐在についていった時も、ＳＭＡＰのコンサートの時だけは、日本に帰ってきていたわ」

というほどの熱中ぶり。

「おっかけてる時が、一番楽しいかもしれないわね……」

とも、言っていた。そういえば他にも、ＫｉｎＫｉ　Ｋｉｄｓが大好きとか、タッキー＆翼に夢中といった、同世代のジャニーズ好きもいましたっけ。

韓流ブーム絶頂の時は、「なぜこれほどまでに韓流スターが中高年の女性に受けるのか」という分析が、色々となされました。韓流スター達は、中高年女性を疑似恋愛の世界に連れていってくれて、日常の雑事を忘れさせてくれるのだ、とか。韓流スターは皆、優しくて礼儀正しいところが、日本の男とは違う、とか。韓流ドラマはちょっとクラシックな作りなので、その点でも安心できて良い……といったことらしい。

韓流スターについて語る女性達の目は、確かにハートになっています。彼女達は確実に恋をしていることが、その目を見ているとわかるのです。「夫ではもう埋められない主婦達の心の隙間を、韓流スターが埋めている」という説もありましたが、その通りでしょう。

自分の周囲を見ていて理解できるのは、韓流スターに夢中になっていた同年代女性は全て既婚、それも結婚歴の長い人だった、ということです。二十代で結婚して子供もある程度は手を離れてきた。ふと気が付けば夫との関係は既に熱いものではなくなっている。……と、そんな時に登場したのが、

「アイシテマス」

と、たどたどしい日本語で言ってくれる韓流スターでした。

韓流スターはまた、「ちょっと頑張ればもしかしたら手が届く、かも？」くらいのことを思わせる親近感が、良いのでしょう。ハリウッドスターの場合は、いくらジョージ・クルーニーが好きであっても、「手が届くかも」とは考えづらい。その点、韓国の人であれば、外国人ということで非日常性は持ちつつも、すぐ隣の国の人だし顔は似ているし、「私と彼がチューしてる図」を、脳裏に浮かべやすいのではないか。

ジャニーズのおっかけをするのも、そういえば結婚歴の長い主婦でした。ジャニーズタレントも、彼女達にとっては仮想恋愛の相手。ジャニーズタレントもまた、韓流

スターと同程度の、遠すぎず近すぎずという存在感なのでしょう。

韓流スターやジャニーズタレントに対する仮想恋愛は、主婦ならではのプレイです。四十代前半で独身という人の場合は、まだ仮想恋愛の世界に浸る余裕はありません。「今が結婚への最後のチャンスかも。ここで一発、頑張らなければ！」という気持ちがあるので、スターなどにかまけている暇はないのです。

もちろん、独身者の中にもおっかけ気質の人はいます。が、独身者がおっかけるのは、韓流スターやジャニーズタレントよりも、もっと低い目標。邦楽の演奏者とか競輪選手とか落語家といった「知る人ぞ知る」程度の有名人を、「マジで我が手中に収めたい」という気合いのもと、生々しくおっかけているのでした。

独身者の場合は、相手がスターとか有名人でなくとも、おっかけ態勢に入る場合もあります。たとえば美容師さんとかスポーツクラブのインストラクターとかマッサージ師さんなど、「仕事だから優しくしてくれる」男性に対して「これは、恋？」という妄想を抱き、「私の運命の相手はこの人だったのかもしれない」と、おっかける。相手が素人であるだけに、この行為はストーカーとも言われやすいので、注意が必要かと思われます。

既婚であっても、独身であっても、そして四十代であっても。生活の中に「恋」は必要のようなのです。「性欲」の項では、いくつになってもセックスが必要なのだなぁ、ということを書いたわけですが、人は性欲だけ満たされていれば満足というわけではない。男であれ女であれ、長く恋愛活動から遠ざかっている人は、

「ああ、恋がしたい」

とか、

「ときめきが欲しい……」

などと、突然つぶやいたりするのです。

四十代というのは、そういった意味では「ときめきたい」という欲求の盛りの時期と言えましょう。十代や二十代の頃は、恋愛活動も盛んにやってきた。その恋を成就させて結婚して子供ができて、ちょっと落ち着いた……という時にハタと気付くのが、「ときめき」の不足なのです。

その点において、四十代既婚と四十代独身の意識は、大きく違います。既婚者は、安定した生活に飽き飽きしているからこそ、ときめきたい。対して独身者は、もういい加減恋愛遍歴を打ち止めにして、落ち着きたい。つまり欲しているのは、ときめきではなく、安定。同じように異性を求めてはいても、そのベクトルはまったく反対を向いているのでした。

同世代の人達で集まると、その違いは歴然と出ます。夜の飲み会では、私のような独身者は、「昨日も夜は出かけていたし、明日も夜は食事会かぁ。今日は早く帰ろうっと」と、一次会が終了したらさっさと家路につくわけですが、既婚者は違う。後から聞いてみると、

「えーと、あの後は二次会に行ってからディスコにも行ってその後にもう一軒行ったから、家に帰ったのは五時だったわ！」

などと言っている。ま、この「ディスコ」ってところがポイントなんですけど、昨今は往時の雰囲気で遊びたい中年のために、ディスコが復活しているらしいですね。

既婚者としては、たまにしか夜に出られないからこそ、思いきり羽を伸ばすのだと思うのです。が、彼女達を見ていると、異性との交遊を楽しみたい、という気分もおおいに持っているように思われる。久しぶりに会った元彼と携帯メールアドレスの交換などをしている主婦を見ると、「大丈夫かなぁ……」などと、純粋な独身者としては心配になるわけです。

このお年頃の人達の間では、「同窓会不倫」というものも、盛んらしいのです。同窓会で久しぶりに会ったのをきっかけに交際してしまったり、交際までいかなくとも一夜の過ちを犯してしまったり。「ときめきたい」盛りの年頃の男女が、久しぶりに

一堂に会したとしたら、あちこちで焼けぼっくいに火がついたり、新たに火種が起きたりということは、自明というものでしょう。

その点に関して言えば、独身者よりも既婚者の方が、ずっとアグレッシブのような気もします。独身者にはわからない感覚なのですが、「家庭に倦《う》む」というのは相当につらいものらしく、刺激を求める主婦達の目は、たまの夜遊びの場においてキラキラと、否、ギラギラと輝いている。夜遊び時のファッションも、独身者の度胆を抜くような露出度だったり、派手さだったり。既婚者は私に対して、

「いいわねぇあなたは、独身だから自由に遊べて」

と言いますが、

「いや、あなたの方がよっぽど遊んでいるようにお見受けしますが……」

と言いたくなるのでした。

四十代既婚男女の「ときめきたい」という気持ちは、需給バランスもとれているようです。既婚男性に話を聞くと、

「今、人妻と付き合ってるんだよね。ダブル不倫ってやつ？」

という人がけっこういる。

「独身の女と付き合うとさ、妻と別れろとか結婚しろとか、面倒臭いじゃん。その点、

主婦だと面倒なことがなくていいんだよ。向こうも別に、家庭を壊そうとは思ってないし。それに最近の主婦って、みんな結構きれいだしね。夫が出張中とか、相手の家に行ったりするんだ」

ということなのだそうです。

既婚男性がときめきを求めて独身女性に手を出した結果、独身女性の婚期をズルズルと遅らせてしまうというケースは、よくあります。男性はときめきしか求めていないのに、女性は安定を求めてしまうから、その手の交際の結末はたいてい不幸なものに終わることになる。

それに比べれば、互いにときめきしか求めていない既婚男女同士で交際するのは、よっぽど合理的です。ときめき欲求を放出するだけなのであれば、既婚者同士で手に手をとってやり合っていただきたいものだ、と独身者としては思う。ま、互いの家族にバレなければ、の話ですが。

してみると、韓流スターやジャニーズタレントに夢中になる主婦というのは、誰にも迷惑をかけていない分、可愛らしいような気もするのでした。彼女達だって、「恋」はしたいのです。が、彼女達は誰かから想われることよりも、誰かをひたすら想うことによって、満足を得ようとしている。夜遊びの場でねっとりした視線を異性と絡ませ合っている既婚女性と比べると、韓流スターに熱狂的な声援を送る既婚女性の姿は、どこかけなげに見えるではありませんか。

自分がティーンだった頃、四十代というのはもうドップリおばさんに見えました。実際、母親が今の私の年齢だった頃、私は既に高校生だったのであり、保護者会にやってくるお母さん達は皆、引退済みの人に見えた。

しかしそれは違ったのだと、今になってみるとわかるのです。若者は、自分が今立っている場所こそがステージの中央だと思いがちで、ステージの端っこにいるおばさんにはスポットライトも当たらないし恋愛なんかもするわけがない、と信じています。が、自分が歳をとる毎に、恋愛のステージはそのまま移動し、自分がステージの中央にいるような気分は、意外に保たれているのです。

この、「いつまでもステージの中央気分」が私達の首を絞めてもいるのですが、きっとこの気分は死ぬまで変わらないのかもしれない。……と、そんな予感がしてなりません。

友達

「SEX AND THE CITY（以下SATC）」の映画を、観ました。思い起こせば、SATCのテレビドラマが放送されていたのは、二〇〇〇年頃から。確かあの四人は三十代という設定だったはずですが、映画では最終話から四年後という設定のため、四十代となっていて、それぞれがそれなりに老化している様子がまた、リアルだった。

SATCといえば、私の用語で言うところの負け犬四人組が、ニューヨークを舞台に恋とセックスの相手を求めて右往左往するのが面白いドラマだったわけです。それぞれキャリアを持つ四人はとても仲が良く、誰かが落ち込めば洒落たレストランに集まって励まし、誰かに良いことがあればやはり集まってお祝いをしていました。

が、そんな彼女達も四十代になれば、人生に色々と変化が訪れます。結婚して子供を持つ人、ボーイフレンドと一緒に住む人、ロスに引っ越した人……と、「皆が独身」

という時代は終わり、それぞれの人生がそれぞれの方向に、分岐していっている。ＳＡＴＣを見ながら私は、「確かに四十代というのは、友情再分岐の時代であるわねぇ」と思ったのでした。

女の友情の第一の分岐点は、二十代後半から三十代の前半くらいの頃に、訪れます。学生時代からの仲良しの子達と「私達、ずっと仲良しよね」かと思いきや、まともな時期に結婚して子を産んで専業主婦になった人と、結婚せずにバリバリ働いている人との距離は、次第に離れていくもの。ふと気が付けば、どちらかの結婚を境に、親友と疎遠になっていたという人も多いことでしょう。

結婚してバリバリ働く人の場合は、専業主婦ではなく、むしろ働く独身者との友情を育む場合が多いようです。既婚・未婚よりも就業形態の同一性の方が友情の醸成には効くというのは、やはり生活時間帯や金銭感覚が、友情を育むには重要なポイントだからではないかと思うのですが。

結婚してバリバリ働いてさらに子供がいるという人の場合は、友情問題で悩むことが多いようです。フルタイムで働きながら子供を育てるというのはとても大変なことであり、職場には同じ境遇の人が少なかったりもする。その大変さを理解し合う仲間がいない孤独さから、

「みんなも子供を産めばいいのに……」

と、職場でつぶやく女性もいるもの。独身者や子供のいない既婚者は、

「あの発言って何？　嫌み？　それとも自慢？」

と受け取ることもあるのですが、働くお母さんは、切実に仲間が欲しいからこそ、そうつぶやくのです。

このように若くて誰もが独身だった時代に形成された友情は、結婚と出産と就業の形態の違いによって、一度は崩れてしまうのでした。三十代いっぱいまでは、ママ友はママ友同士、キャリア友達はキャリア友達同士、それぞれの立場を理解してくれる人達と友情を育むこととなる。

四十代は、その状態に再び変化があらわれる時です。たとえばSATCに出てくる四人のような、負け犬友達略してマケ友グループの場合。三十代におけるマケ友は、とても大切な存在です。「この友達がいれば結婚なんて」と一瞬思ったりできるほど、楽しくそして深い友情が結ばれる。

しかし時が経てば、事情は変わってくるのです。昨今は四十前の駆け込み結婚&出産が多いですから、まぁ四人もその手の人がいれば二人くらいはその手のことをする。映画のSATCでは、それでも何かというと四人が集まったり旅行したりしています

が、それができるのは物語の中だからであって、現実はそういきません。かくして友情は、再分岐することになる。

はたまた、小さい子供を育てる悩みを共有していた、ママ友。互いに励まし合いながら育児をしてきた友達との間には、戦友のような意識が生まれるようです。が、ママが四十代になれば、子もそれなりに育ちます。子供の進路がばらばらであったり、夫の転勤とかマイホーム購入で引っ越したり、はたまた子供から手が離れて仕事に復帰するママがいたりということで、こちらも友情再分岐。

この歳になると、さすがに「友達は多い方がいい」とか、「親友がいなくてはいけない」といったティーンのような気持ちは、既になくなっています。今までの経験からも、友情とは何らかの同一性、たとえば学校が同じで家が近所とか、ファッションのセンスが同じとか、同じ時期に子供を産んだといったことがあるから育まれるということはわかった。さらには「欠落感の同一性」、つまり結婚していないとか不妊治療中だとか親との折り合いが悪いとか夫とセックスレスとか子供に問題がある……というように、マイナスの部分が同じ人とだと、さらに強い結びつきが生まれるということも、わかった。

しかし同一性というものは、時の流れによって変化します。同一のものが同一でなくなれば友情も次第に薄れ、私達はそこに無常を見たりするのです。

四十代の友情シーンで見られるのは、再分岐現象だけではありません。この時期に見られるもう一つの現象は、「友情の再統合」。

たとえば、学生時代に仲が良かった友達。Aちゃんは早くに結婚して子供を産み、Bちゃんは独身で働いていたため、三十代いっぱいは疎遠になっていた。

しかし四十代になったある日、同級生の親御さんのお葬式で、二人は久しぶりに再会するのです。

「元気?」

「変わってないじゃない」

「今度、食事でもしようよ!」

といった会話が、そこで交わされる。Aちゃんは子育ても少し落ち着いてきたため、一人で外に出る時間が作れるようになっていて、少しずつ友情が復活してくるのです。

この時代に友情の再統合が可能なのは、互いに強がる気持ちが薄くなってきたからといえましょう。三十代のうちは、Aちゃんのような人もBちゃんのような人も、「自分はこのままでいいのだろうか」という不安を抱えていることを、違う立場の人には悟られたくありませんでした。AちゃんとBちゃんがどこかで会ったとしても、

Aちゃんは子育ての忙しさを語るだけ、Bちゃんは仕事の充実っぷりを語るだけ。つまりは、

「私はこれでじゅうぶん満足なのよ」

と突っ張っていたため、友情は交わることなく、平行線のままだったのです。

しかし四十代にもなると、互いに肩の力が抜けてきます。Aちゃんは、仕事を持っていないことへの不安や家族の心配事を口にするようになるし、Bちゃんは夫も子供もいない不安を漏らすようになる。

Aちゃんと Bちゃんの欠落感は、同一のものではありません。が、欠落感を抱いているということだけは、確実に共通している。だからこそ、

「何言ってるのAちゃん、あなたはすごく頑張っているじゃないの」

「Bちゃんこそ、すごいわよ」

と、励まし合うことができるようになるのでしょう。

私の場合も、最近になって専業主婦の友達と、友情の再燃現象が見られるようになりました。彼女達が専業主婦になって子育てに熱中している時は、別人格になってしまったようで少し寂しかったものです。が、今になってまた話してみると、別に人格が変わってしまったわけではない。面白かった子は、昔と同じように面白いのです。

彼女達と話していると、子育てを経験している人というのは、お母さん特有の優しさを持っていることが理解できます。独身者が優しくないという意味では決してないのですが、子育て経験者であるからこそ滲みでてくる包容力と面倒見の良さが、そこにはある。打てば響くようなキャリア系の友達とばかり付き合っていて、久しぶりに専業主婦の友達と話すと、そのまったくギスギスしていない優しさにホッとするもの。

「ちゃんと野菜食べてるの？」

などと彼女達に心配されたり面倒を見られたりするのは、まるで子供に返ったように心地よい感覚なのでした。

うんと若い頃は、何から何まで打ち明け合い、ぴたっと気が合う親友という存在がいないといけないのではないか、と思っていました。が、大人になるともう、何から何まで打ち明けるのも打ち明けられるのも面倒臭いし、ぴたっと気が合う人などこの世にいないこともわかってくる。

となった時に大人は、友達を機能で付き合い分けるようになってくるのです。子育てをする時は、ママ友。旅をする時は、旅の感覚が合うタビ友。仕事の愚痴をこぼしたい時は、シゴ友。性について語り合いたい時は、下ネタセンスが共通しているシモ友。洋服の買物に付き合ってほしい時は、センスの良いフク友、そして時には自分と立場の違う友達と会って、ホッとしたり刺激を受けたり……と、それぞれのシーンに合う友人と付き合うことになる。

これから様々な人生の局面を迎える度に、友達の種類は増えていくのでしょう。更年期を共に切り抜けてくれるコウ友、親の介護を同じ時期に経験するカイ友、同じ時期に夫を亡くしたミボ友（未亡人友達の意）……。人生のそれぞれの時期に、経験を同じくする友人が登場してくれるに違いなく、その友人達は生きる上での命綱となるのです。

男性達は時に、「女の友情などというものは存在しない」と言います。男性同士が学生時代の運動部とか困難な仕事を通して培うような熱い友情は女は持てないだろう、と彼等は言いたいのです。

が、女性の友情というのは、もっとフレキシブルなものなのでしょう。男性の場合、友達作りが不得手なため、運動部のOB仲間ならOB仲間と、意地でも付き合い続けようとするものの、意外に彼等に対しては自分の弱みをさらけ出すことができず、悩みがあっても孤独なまま悶々としていたりする。

対して女性は、落ち込んだら落ち込んだ先で、友達をみつけるのです。その間、従来の友達と疎遠になったとて、誰もそれを裏切りとは思わない。ティーン時代、仲間うちの一人にボーイフレンドができると急に女友達との付き合いが悪くなっていた頃から、その手のことは慣れっこであり、だからといって女同士の友情が無くなるわけではないことも、私達は知っています。

一度つちかった友情は、たとえ一時薄れても、縁があればまた戻ってくるもの。四十代は、二度目の友情の実りの季節。果たしてみんな、どのように熟して結実しているのか、楽しみでもあるのでした。

懐かしさ

カラオケと健康の話は、同世代に限る。

……これは、大人になってからとみに思うことです。カラオケをする時、違う世代の人が一人でも混じっていると、

「うわーっ、懐かしい！」

という一体感が、損なわれてしまう。また健康話（というか、不健康話）をしている時も、若い人が一人でもいると、

「そうそう、私もね……」

という、相憐れむ感が薄まってしまうのです。

ですから、たまにカラオケに行くという時は、確実に同世代の人のみであることを確かめてからにする私。松田聖子にユーミンに、といった定番の懐かしソングはもちろんのこと、薬師丸ひろ子にＥＰＯに中原理恵……と、「どれだけ細かな懐かしさを

喚起できるか」といったことに心血を注いだりするのでした。

実は新しい曲を歌ってみたいという気持ちがあっても、「ここでそんなことをしたら白けるしな」と、グッと我慢。中森明菜メドレーを皆で歌い合う時の一体感といったら……。

それにしても大人になるまで、「懐かしむ」という行為がこれほど楽しいものだとは、と言うよりほとんど肉体的な快楽すら伴うものだとは、私は思っていませんでした。子供の頃は、テレビの懐メロ番組を見ても「どこが楽しいんだか」と鼻で嗤《わら》っていましたし、親が往年のスターを見て、

「この人は昔、すごい人気者だったのよ」

などと言ったとて、その元スターのことを尊敬する気持ちにはなれなかったものです。

が今、懐かしさに浸るということがいかに大人にとって大切な時間であるか、私はしみじみ理解できるのです。先日、私は松田聖子コンサートに行ってみたのですが、その昔は特に聖子ちゃんファンだったわけではない私も、「青い珊瑚礁」の前奏が聞こえてきた途端に、自分自身も青かった時代の思い出が津波のようにフィードバックしてきて、思わず涙が出そうになった。そして、心から聖子ちゃんの曲を楽しんでい

る中年婦人達を見ていると、「お互い、頑張りましょうねぇ」と、目頭が熱いままに、肩を組みたいような気持ちになってきたのです。

はたまた、「八〇年代ヒットソングCDボックス」みたいな商品を、昔は「こんなもの誰が買うのだか」と思っていたのが、今や友達が「買っちゃった」と言うのを聞いて、貸してもらったり。友人が懐メロばかり歌うオヤジバンドを結成したといえば、聞きにいったり。

歌ばかりではありません。若者に対しては、松田優作がいかに格好いい俳優であったかを得々と説きたくなるし、向田邦子のテレビドラマの素晴らしさもわからせてあげたくなる。平成生まれの若者など見ると、

「あらー、昭和天皇を知らないの？　それは残念ねぇ」

とまで言いそうになるのです。

が、しかし。若者にとって、「昔はいかに素敵だったか」という話は、全く面白くないものなのでした。人間のできた若者は、

「へぇ、そうなんですか！　いいなぁ昭和って！」

とか、

「バブルの時代って、私も体験してみたかったですぅ」

などと言ってくれますが、それは大人に対する礼儀として言っているだけ。

ですから私達は、若者のためにも、そして自分達のためにも、懐かし話は同世代同士でいる時だけにしなくてはなりません。俺は／私は昔はモテていた、俺は／私は昔はスポーツ万能だった、俺は／私は昔はかなりヤンチャしたものだ、といった話にしても然《しか》り。

同世代で集まった時にしかできないからこそ、懐かし話には、禁断の甘さがあると言うこともできましょう。

「高校時代の時のあなたって、本当にワルだったわよね」

「修学旅行の時に他校の生徒とケンカしてさぁ」

「○○君も××君も、あなたのことが好きだったのよね」

といった、互いを良い気分にさせ合う会話は、同世代同士だからこそ恥ずかしくなくできることなのです。

四十の声を聞くと、同窓会が盛んに行なわれるようになるものです。それというのも、子供の手が離れるようになってくるといった物理的な理由からばかりではないのでしょう。四十歳を過ぎると、身体の中から「懐かしみ欲」のようなものが自然に湧き上がり、かつての仲間を求めるようになってくるのではないか。

学校の仲間以外にも、久しく会っていなかった人との再会シーンが多く見られるのが、この年代です。年賀状に、

「ご無沙汰しています。今年こそは会いたいものですね」

と書き続けて早や十余年、みたいな人とふと「本当に会ってみようかな」という気持ちになってみたりするのは、やはり若さの幻影を追い求めたいからなのか。

その手の人と久しぶりに会うと、すぐに昔のような感覚に戻ることができるものです。もちろん、相手が老けていたり太っていたり、男性の場合はハゲていたりというケースもあるのですが、四十も過ぎれば、こちらもいちいちその程度のことで驚きはしない。法事で久しぶりにイトコに会った時のような、つまりはほとんど血のつながりがあるのではないかと思えるほどの感覚で、すぐに打ち解けることができるのでした。

なぜ人は大人になると、「懐かしさ」を好むようになるのか。……と考えてみますと、「懐かしむ」という行為が小さな旅だからなのではないか、という気がするのです。

「青い珊瑚礁」の前奏を聞いた瞬間、私の精神は確実にどこかに、というよりは過去に、飛んでいました。それは時間旅行と言ってもいいような感覚なのであり、その手

のトリップ感を求めるために、人は懐メロを歌ったり、昔の恋人が好きだった香水を求めたりするのではないか。

最近私は、ティーンの時代と比べると、自分が写真を撮らなくなってきたことに気付くのです。私が若い時代は、当然ながらフィルムカメラの時代であり、今はデジカメ。携帯にだってカメラはついているわけで、今の方がずっと気楽に写真を撮ることができるのは確かです。にもかかわらず、お小遣いを気にしながら写真を撮らなければならなかった昔の方が、ずっと私は写真撮影に熱心だった。何かある度に、膨大な量の写真を撮っていたのです。

写真を撮ると如実に自分の老化が浮き彫りにされるから撮りたくないとか、様々な場における経験値が上がってしまったため、何でも写真に撮っておきたいという新鮮な気持ちが無くなった、という理由が、最近写真を撮らなくなった背景にはあります。しかしそれだけでなく、若い頃の私は心のどこかで、「私が大人になった時のために写真を撮っておこう」と思っていたような気がするのです。つまり、「いつか私は大人になって、『今』私が立っている瞬間に時間旅行をしたくなることがあるはず。その時の材料となるように、写真を撮っておかなくては」と、思っていたのではないか。

若かった頃の私の思いは、当たっていました。高校時代、チェックのミニスカートにハイソックスでソバージュだった自分の写真。大学時代、ガングロで茶髪の（時代を先取りしすぎて当時は異様だった）自分の写真。たまにその手の写真を見ると、ふにゃっと時空が歪《ゆが》むような気がするのです。そして、たのきん、渋谷センター街、サーティーワンのキャラメルリボン、学ラン、ディスコ……といった様々な事象が脳裏に浮かんできて、私はウットリとそのトリップ感に身を任せることができる。

旅先においてフレンドリーな外国人が、

「シャッターを押してあげましょう」

などと申し出てくれたりした時など、今でもたまに友達と一緒に写真に写ることがあります。デジカメの画像をすぐに眺めつつ、

「なんだか、私達も老けたわねぇ」

「この前、私とあなたの昔の写真を見てたら、二人ともどれだけプリップリだったことか！」

「互いに変わってないと思ってるけど、写真は正直ねぇ」

などと言い合う私達。

しかし、そんな私達にとっての「今」も、十年か二十年後の自分にとってみたら、

時間旅行のデスティネーションとなり得るのです。としてみると今、若かった時代のことばかり懐かしんで、写真も撮らずにカラオケで今の歌も歌わずにいると、未来から時間旅行をする時に困る、ということになるではありませんか。

同じ旅先にばかり行くのは飽きるように、時間旅行も同じ時代にばかり戻っていては次第に飽きがくるものと思われます。四十代の今は、ティーンとか二十代といった青春真っ盛りの時代が最も懐かしい時期ですが、いずれは四十代を懐かしむ時もやってくるハズ。

そういえば私の母親は、私が社会人になった頃、

「あなた達が幼稚園とか小学生の頃が、子育ても花の時代だったわね……」

と、しみじみつぶやいていたのでした。子供がすっかり育ってしまった後の母親は、自分が「若い母親」だった時代を、懐かしんでいたのです。

となると私達も、過去を懐かしむ行為ばかりに夢中になっている場合ではありません。さらに老いた自分が存分に懐かしみ行為に没頭できるよう、たくさん種子を播《ま》いておかなくてはならないのですから。

懐かしむという行為は、確かに甘美なものです。が、懐かしんでいる最中に、私達は何も生み出していない。昔のアルバムを眺めるのは楽しいけれど、パタンとアルバ

ムを閉じた時にどこか虚しい気持ちになるのは、時間旅行をしていた間、現実から逃げていたからなのでしょう。

懐かしむのは楽しいけれど、懐かしむのはまだ早い、のかもしれない。将来、もっとヒマになった時にいくらでも懐かしむことができるよう、もう少し現実世界でジタバタしたり記念写真を撮ったりする必要があるのかもしれないなぁと、カラオケで懐メロを歌った後は、思うのでした。

あとがきにかえて

いつの頃からか、久しぶりに同級生などと会う時はまず、

「全然変わってないわねぇ！」

「そんなことないわよぅ、あなたこそ全然変わってない！」

と言い合うことが、マナーになってきました。

日本語にはこの手の便利な言い回しが色々とあって、「若作りしてるわね」の代わりには「若いわね」、急におばさん体型になってしまった人に対しては「太ったわね」の代わりに「美味しいものばっかり食べてるんじゃないの？」などと言い換えることができるわけです。が、この「全然変わってないわねぇ」というのは、四十代にとってはほとんど時候の挨拶のようなもの。もっとも変化しやすい年代であるからこその礼儀であり気配り、と言えましょう。

もちろんお互いに、「あ」とは思っているのです。前に会った時には確認できなか

ったシミがクッキリとできてる、とか。ずいぶん重心が下に移動してきたなぁ、とか。

しかし我々はそんなことに気付いたからといって、

「あらそんなシミ、前にもあった？」

とか、

「その下っ腹、どうなのよ？」

などということは、もちろん言わない。「全然変わってないわねぇ！」と互いに言い合うことによって、老化に対する不安を打ち消し合っているのです。

二十代の頃。久しぶりに会う友達に対して、

「きれいになったわねぇ！」

と思わず漏らすことがありました。学生時代はモサかった子が、社会の水に磨かれて、お洒落にそしてスマートになっていく様を、眩しいような思いで見ることがあったものです。

しかし四十代になると、どんどんきれいになっていくなど、物理的にありえません。こと外見に関しては、「上昇している」ということを誉《ことほ》める機会はなくなり、元の場所に「踏み留まっている」ことこそが、最も寿ぐべき事態。だからこそ最高の誉め言葉が、

「変わってないわねぇ！」

というものになるのです。

四十代では、踏み留まる能力の高低によって、外見のヒエラルキーの順位に変動が見られるのでした。派手な顔立ちで若い頃に美人とされていた人は、そんな顔立ちであるが故に肌への負担が大きく、踏み留まる能力に欠ける。対して、若い頃は単なる地味顔だった人は、凹凸の少ない地味顔であるが故に「踏み留まる」能力が高く、急に「きれいな人」と言われだす。

昔はスマートでスタイルが良いとされていた人も、今となってはそのスマートさが、かえってアダになって、痩せているが故にシワも寄りやすく、何だか貧相な印象に。対してぽっちゃりタイプだった人は、脂肪があるが故にまったくシワが無く、福々しくて可愛い印象に。同窓会で皆の顔を見ていると、「驕《おご》れる人も久しからず……」といった感慨に包まれるわけです。

年齢や、年齢に伴う老化を気にすること。そして、少しでも若く見られたいと努力すること。そんなこんなに血道をあげる日本人女性を見てフランス女性は、

「私達はそんなこと、全く気にしないわ。フランスでは、歳を重ねることが魅力として捉えられるの。日本の大人の女性達も、もっと自信を持って歳をとればいいのに」

と言うのだそうです。確かに、カトリーヌ・ドヌーブなどの堂々とした加齢っぷりを見ていると、格好いいなぁと思うもの。シミやシワも気にしないでいいとは、誠に羨ましい限りです。

が、

「日本の大人の女性達も、もっと自信を持って歳をとればいいのに」

というフランス女性の発言は、

「パンがないのなら、お菓子を食べればいいのに」

という発言と同じように、日本人の私には聞こえるのでした。私達は、若いもの、小さなもの、新鮮なもの、うぶなものに、とにかく価値を感じずにはいられない国民。新茶、新米、初鰹《はつがつお》を日本人がどれほど有り難がって口にするかを見ていれば、シミやシワを「これが私の生きてきた証《あかし》です」と放置しておけるわけがない、ということもわかろうというものです。

「子ほめ」という落語があります。人は実際より若い歳を言われると嬉しいのだ、と聞いた八五郎が、赤ん坊に対しても歳をきく。呆れた親が、

「赤ん坊がしゃべれるかよ。生まれたばかりだからひとつだよ（江戸時代だから、数えの歳なのです）」

と言うと、

「ほほぅ、ひとつとはお若く見える」

「馬鹿。ひとつで若けりゃ、いったいいくつだ」

「どう見ても、まだ半分」

ということでジャンジャンと終わるというもの。つまり日本人は江戸時代から年齢を若く言われると喜ぶという習性を持っていたわけで、そんな我々がここに来ていきなり、

「あなたはもちろん、私のたるみごと私を愛してくれる、わよねぇ？」

などと堂々としていられるようになるわけがない。

というより、我々が少しでも若く見られたいと思うのは、やはりその手のニーズが切実に感じられるからなのです。普通の日本人男性が、

「その首筋のシワに唇をはわせたい」

みたいなことを女性に対して思っているのであれば、我々としても堂々と老化するのはやぶさかでない。が、同胞男性はシミ・シワ・たるみよりもハリ・ツヤ・はずみの方に欲情する生き物であることがよーく理解できるから、我々も涙ぐましい努力をするわけです。というわけで、

「日本の大人の女性達も、もっと自信を持って歳をとればいいのに」

と言うフランス女性に対しては、

「皆さんは良い国に生まれて、本当に良かったですねぇ」

という言葉を送っておきたいと思うばかり。

日本にも、変化は見られるのです。たとえば昔と比べると、日本女性がおばさん化するのは、うんと遅くなっています。その昔は、結婚して子供を産んだ人は、いくら若くてもおばさんとして周囲から見られ、また本人もおばさんとしての自覚を持っていたように思われる。しかし今、自分がいつおばさんになればいいのか、そのタイミングを摑みかねている人だらけ。

子供がいれば、遊びに来た子供の友達から、

「おばさーん、鼻血が出ちゃった！」

「どれどれ、おばさんに見せてごらん」

といった会話の中で、「おばさん」という言葉に慣れていくのでしょう。私のような者であっても、

「ほらもう私、おばさんだからさぁ」

などと言って、「私はちゃんと自分の年齢を自覚していますよ」とアピールするこ

とは多い。この国では「歳相応であること」は大人としての重要な要件なのであって、その手のアピールができない人は「痛い」と言われるのです。

しかし「おばさん」と自称しながらも、本当はおばさんだなどとは自覚していない人が、実はほとんどなのでした。私にしても、

「ほらもう私、おばさんだからさぁ」

と言いながらも、

「何を言ってるんですか、ぜんぜんおばさんじゃありませんよぅ」

と相手が否定してくれることを密かに期待している。……のだけれど、期待に反して相手が気まずそうに下を向いてしまうことも、多々あるわけですが。

我々は今、「自分の年齢は自覚していますよ」ということを示しつつ、いわゆる「痛い」言動をしないようにもしつつ、さらには外見は老け込まないようにするという、難しいバランスを保つことが要求されています。いや別に、誰から要求されたおぼえは無いのですが、自分で自分に要求している。それは従来もいた「若作りのおばさん」でもなく、またフランス女性のような存在でもない、オリジナルな像であるがために、私達は何かと煩悶しているのでしょう。

四十歳になったらもっとラクになるのだと、三十代のうちは思っていました。三十

代の末期、私は三十代であり続けることに飽き、さらには三十八とか三十九とか、三十代にしがみついているような年齢にも、ピリッとしない感じを抱いていた。

ですから四十歳になった時は、ちょっとホッとしたものです。「ここまできたら、歳など隠さない方が相手に対して親切というものだろう」と、なにかというと、

「いやーもう四十代ですから」

みたいなことを言うようにもなってきた。

九十代の私の祖母は、実年齢よりもちょっと上の歳を言うのが、癖なのです。

「そのお歳でそれだけお元気とは！　すごいですねぇ！」

みたいなことを言われるのが、たぶん嬉しいのだと思うのですが。

孫の私が、「いやーもう四十代ですから」と言って、相手が対応に困ってドギマギするのを見てそこはかとない満足感を覚えるのも、祖母の血を受け継いでいるからなのでは、という気もいたします。

では、四十代になってラクになったかと考えてみると、それはまた違うのでした。背負う荷とか未来への不安は、ずっしりと重くなっている。外見の問題にしても、四十代になったらもうシミもシワも気にならなくなるのかと思ったら、そんなことは全くない。どんどん増えゆくシミ、映画の予告編を観るのもつらくなる目、爪に刻まれ

る縦のスジ。どれだけ時代が変わって四十代女性が「コムスメに負けない!」などと言い張ったとて、肉体という物理的存在は、着々と朽ちていくのです。

大海を漂流するのが人生だとするならば、四十代というのは「陸地が見えない」という状態なのだと思います。スタート地点の陸地からはずいぶんと流されてしまって、もう見ることはできない。かといって、ゴールがどこかも、見つけることはできない。不安な気持ちのまま、体力を使ってとにかく泳ぎ続けなくてはならないのが、四十代なのでしょう。

が、私達は一人で泳いでいるのではありません。シミにレーザーを照射するべきか。マンモグラフィーの痛みについて。セックスレス問題について。まだ妊娠は可能か。更年期っていつ頃やってくるのか……と、私達は手足を必死に動かしながら、近くにいる人と話し合っている。「この歳になると、ガールズトークってこの手の話題になってくるのね」と、思いつつ。

話題がどれほどネガティブなものであっても、ガールズトークというものは、いつでも楽しいのでした。「みんな大変なのだ」ということがわかると、それは泳ぎ続ける上での大きな力となるのであって、きっと私達は再び陸地にたどりつくまで、ガールズトークをやめないことでしょう。

この本も、皆さんが人生という海原の真ん中辺りを泳ぐ上で、少しでも力になることができたら、幸いです。老化という波にラクーに流されてしまいたい気持ちもあるけれど、潮目に逆らって必死に手足を動かしている自分もいる。そして二つの気持ちの間で揺れ動く「なんだかなぁ」という感覚こそが、中年として生きる上での醍醐味《だいごみ》なのかもしれないなぁと、最近は思うのです。

二〇〇八年　夏

酒井順子

文庫版あとがき

限りなくおばさんに近い存在ではある。でもまだ、本物のおばさんではないのではないの？　……というふんぎりの悪い気持ちを抱きつつ書いた本である、『おばさん未満』。それから三年経って、では私は本物のおばさんへと脱皮することができたのかと考えてみますと、何と「とはいえまだ、『未満』なのでは？」という気持ちを、胸中に飼っているのでした。

三年の間には、様々な変化がありました。シミにもシワにももう慣れてきて、少しの変化で一喜一憂はしなくなってきた。自分がますます、年下の人達にとって恐い存在になっていることも、自覚できる。牛肉を食べる頻度はどんどん減り、味噌汁の湯気に安堵を覚える日々。

だというのに、完全なるおばさんであるという自覚を拒む気持ちが、まだあるのです。若者の街を歩いている時に自分だけティッシュを配られなくても、新聞を少し遠くに離して読むようになっても、「でも、おばさんとは違うわよね？」と思い込んでいる。

なぜ、そうなのか？　と考えてみますと、一つには「子供がいない」ということがあろうかと思います。人は、子を生《な》すことによって自らが子供であることをやめ、大人へと移行するのだと言います。また、子を持つ友人は、

「子供の友達から『おばさん』って呼ばれると、『自分はおばさんなのだ』ってはっきり思うし、『おばさんはね……』っていう自称もスムーズに出るようになる」

と言っていました。

確かに私は、

「私なんておばさんだからさー」

と自称してみても、心のどこかで「もちろん冗談で言っているの、わかりますよね？」と思っているきらいがあります。子供という正直な目を持つ天使達から、否応なく「おばさん」と呼ばれて得る自覚とは、深さが違うのです。

時代のせいも、あるでしょう。「歳をとっても、いつまでも若々しく」という風潮は、三年前も今も、変わっていません。と言うよりむしろ、昂じています。中年女性向け雑誌においては、「国民的美魔女コンテスト」と称して、四十代前後の女性が美

を競っていましたし、その美魔女達がヌードになったりもしていた。そんな中で生きていると、ちっとも美魔女ではない自分までもが、「おばさんではない何か」なのではないかという気がしてしまうのです。

「自分はおばさんである」という自覚を持つ人が減少するという事実は、社会にとって損失となります。優しくて、面倒見がよくて、他者に愛を注ぐのが、我が国においては古来よりのおばさんの姿。対して、自分のことを「おばさんではない何か」だと思っている女性達は、年齢的にはおばさんだというのに、「優しくされたい」「面倒を見てもらいたい」「他者から愛されたい」と思っています。結果、愛情や面倒の需給バランスが、日本において崩れつつあり、誰もが「私のことをチヤホヤしてほしい」とゼイゼイするようになってしまったのではないか。

おばさんになることを拒否したり忘れたりする人は、これからますます増えていくことでしょう。しかしふとおばさんの世界を見てみると、順調におばさんに移行することができる、何だか楽しそうなのです。彼女達は充足しているからこそ、愛情や面倒を他者に与えることができる。幸福であるからこそ、若さや美にしがみつくことなく、素直におばさんになることができたのではないでしょうか。

おばさんの国の暮らしを羨みつつも、そこに行くことをいつまでも躊躇している私。

果たしてそんな私はいつ、その国へと行くことができるのか。もしかすると、ふと気が付いた時には既に、おばあさんの国にいるのか……？　と逡巡《しゅんじゅん》しつつ、もうしばらくは、その国の周縁をうろうろする日々が続きそうな私。私が胸を張って自分のことを「おばさん」と言うことができる日が来たら、「ああ、あの人もやっと幸福を摑んだのだ」と思っていただければ幸いです。

文庫版の出版にあたっては、集英社文庫の栗原佳子さんにお世話になりました。おばさん国のまわりを共にうろうろする読者の皆様へと共に、感謝を捧げます。

二〇一一年　春

酒井順子

集英社文庫

おばさん未満《みまん》

2011年3月25日 第1刷
2011年6月6日 第2刷

定価はカバーに表示してあります。

著　者　酒井順子《さかいじゅんこ》

発行者　加藤　潤

発行所　株式会社 集英社
東京都千代田区一ツ橋2-5-10　〒101-8050
電話　03-3230-6095（編集）
03-3230-6393（販売）
03-3230-6080（読者係）

印　刷　凸版印刷株式会社

製　本　加藤製本株式会社

フォーマットデザイン　アリヤマデザインストア　　マークデザイン　居山浩二

ISBN978-4-08-746677-5 C0195